PRÉFACE D'**ÉDOUARD PHILIPPE** ET **GILLES BOYER**

L'écriture d'un roman est déjà, en soi, un exercice complexe. Un roman politique, un roman sur la politique, qui plus est. S'y risquer, et s'y risquer à deux, n'est pas un petit pari. Il nous faudra deux univers, celui qu'on décrit et celui qu'on crée ; des personnages, aussi ambigus et attachants que possible ; une histoire qui donne envie au lecteur de tourner la page, puis la suivante ; si possible une ou deux leçons à en tirer sur la politique telle qu'elle pourrait être, sans décourager le novice ni faire tiquer l'expert.

Une émotion aussi, lorsque le livre trouve sa place dans les rayonnages des librairies, sur les tables de nuit, dans les bibliothèques municipales ou les valises estivales.

Bien des années plus tard, nous revoici, émus encore, lorsque sous la plume de Philippe Pelaez et Cédrick Le Bihan, prennent vie les personnages que nous avons conçus en nous inspirant souvent un peu, mais jamais totalement, de personnages existants ou ayant existé, lorsqu'ils ont un visage, des attitudes, des réactions (il leur arrive même de sourire, ce que nous n'avions pas prévu).

Il faut sans doute en déduire qu'à l'instar de nos enfants, ils ont grandi et s'apprêtent à prendre leur envol, et que chaque jour qui passe, ils ont moins besoin de nous. Le sens de l'histoire ! En attendant, qui sait, une série télévisée qui viendrait leur donner vie d'une autre manière encore ?

Nous vous souhaitons une bonne lecture, aussi bonne que fut la nôtre en redécouvrant cette histoire, que Philippe et Cédrick ont su si bien adapter et retranscrire à la fois !

Édouard PHILIPPE **Gilles BOYER**

DANS L'OMBRE

D'APRÈS LE ROMAN D'**ÉDOUARD PHILIPPE** ET **GILLES BOYER**

Scénario

PHILIPPE PELAEZ

Dessins & couleurs

CÉDRICK LE BIHAN

JC Lattès GRAND **ANGLE**

APPARATCHIK

1. Anciennement, membre salarié à temps plein du parti communiste de l'URSS ou d'une démocratie populaire.

2. Péjoratif. Membre de l'appareil d'un parti, d'un syndicat.
(Dictionnaire Larousse)

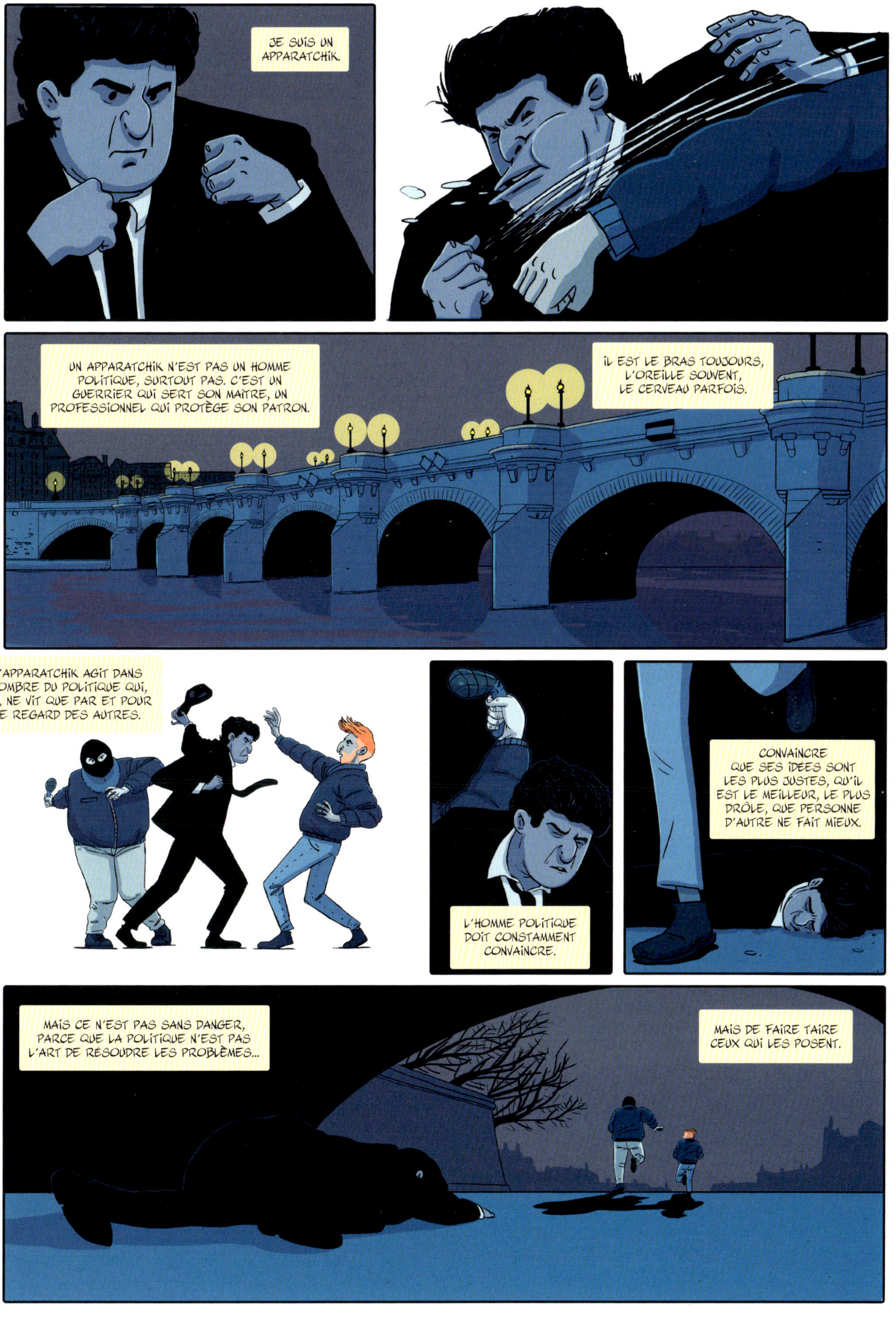
JE SUIS UN APPARATCHIK.
UN APPARATCHIK N'EST PAS UN HOMME POLITIQUE, SURTOUT PAS. C'EST UN GUERRIER QUI SERT SON MAITRE, UN PROFESSIONNEL QUI PROTÈGE SON PATRON.
IL EST LE BRAS TOUJOURS, L'OREILLE SOUVENT, LE CERVEAU PARFOIS.
L'APPARATCHIK AGIT DANS L'OMBRE DU POLITIQUE QUI, LUI, NE VIT QUE PAR ET POUR LE REGARD DES AUTRES.
L'HOMME POLITIQUE DOIT CONSTAMMENT CONVAINCRE.
CONVAINCRE QUE SES IDÉES SONT LES PLUS JUSTES, QU'IL EST LE MEILLEUR, LE PLUS DRÔLE, QUE PERSONNE D'AUTRE NE FAIT MIEUX.
MAIS CE N'EST PAS SANS DANGER, PARCE QUE LA POLITIQUE N'EST PAS L'ART DE RÉSOUDRE LES PROBLÈMES...
MAIS DE FAIRE TAIRE CEUX QUI LES POSENT.

QUATRE JOURS AVANT LE K.O.. MARDI 16 FÉVRIER, 10H15. LILLE. MAISON NATALE DU GÉNÉRAL DE GAULLE.
JE NE PENSAIS PAS QUE TU NOUS FERAIS L'HONNEUR DE TA PRÉSENCE !
JE N'AURAIS RATÉ ÇA POUR RIEN AU MONDE. REGARDE-LES...
LES MEILLEURS AMIS DU MONDE...
ELLE SEMBLE S'ÊTRE REMISE DE SA DÉFAITE AUX PRIMAIRES !
NON, MAIS MARIE-FRANCE FAIT TOUT CE QU'IL FAUT POUR QUE ÇA SE PASSE BIEN.
ET NOUS AUSSI, JE PENSE !
LE 15 SEPTEMBRE, 200 000 MILITANTS SE SONT EXPRIMÉS AUX PRIMAIRES, ET TON PATRON A BATTU MARIE-FRANCE DE 500 VOIX. ÇA LAISSE DES TRACES.
TU NE VAS PAS ME FAIRE LE COUP DU VAINCU MARTYRISÉ, NON ?
VIENS, ALLONS ADMIRER LA CHAMBRE OÙ LA MÈRE DU GRAND HOMME A MIS BAS !
LUI, C'EST JEAN TEXIER.

JE LE DÉTESTE, ET LE RESPECTE À LA FOIS. NOUS SOMMES DU MÊME PARTI, MAIS PAS DU MÊME CAMP.
ET ENCORE MOINS DEPUIS QUE SA PATRONNE, MARIE-FRANCE TRÉMEAU, A PERDU DE JUSTESSE AUX PRIMAIRES LE DROIT D'ÊTRE LA CANDIDATE DU PARTI À LA PRÉSIDENTIELLE.
ELLE A COMMIS QUELQUES BOURDES ALORS QU'ELLE ÉTAIT LA GRANDE FAVORITE, ET SA DÉFAITE N'A FAIT QU'ACCROÎTRE SA HAINE ENVERS MON PATRON ET MOI.
IL EST APPARU COMME LE SEUL CAPABLE DE FÉDÉRER...
J'AIME MON PATRON.
VINGT-CINQ ANNÉES DE VIE COMMUNE ET DE COMBATS VIOLENTS ONT TISSÉ UNE RELATION TRÈS FORTE ENTRE NOUS.
DIEU SAIT QUE J'AURAIS PU LE TRAHIR, MOI QUI CONNAIS TOUS SES SECRETS...
MAIS JE NE L'AI JAMAIS FAIT, ET NE LE FERAI JAMAIS.
ALORS ?

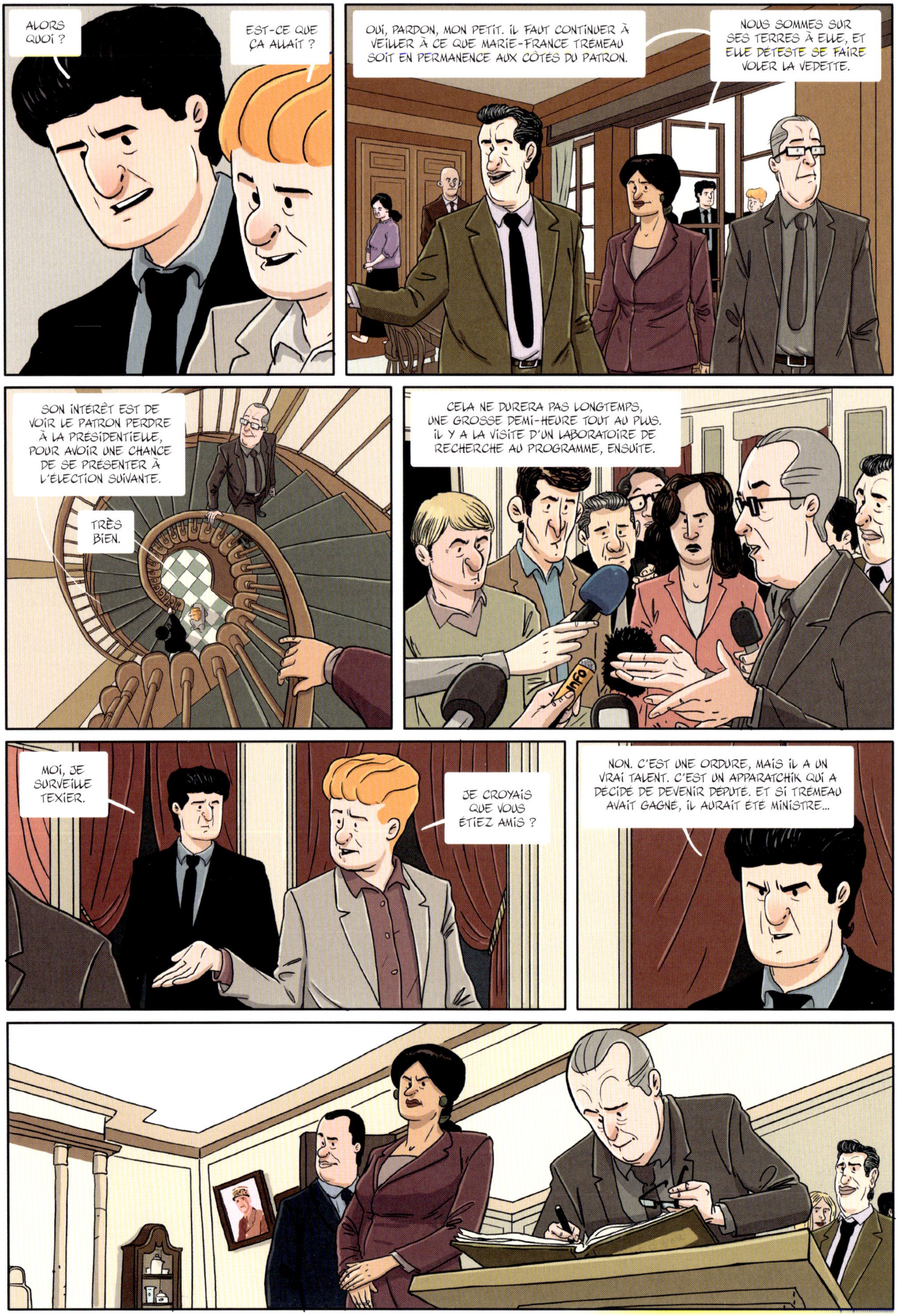

ALORS QUOI ?
EST-CE QUE ÇA ALLAIT ?
OUI, PARDON, MON PETIT. IL FAUT CONTINUER À VEILLER À CE QUE MARIE-FRANCE TRÉMEAU SOIT EN PERMANENCE AUX CÔTÉS DU PATRON.
NOUS SOMMES SUR SES TERRES À ELLE, ET ELLE DÉTESTE SE FAIRE VOLER LA VEDETTE.
SON INTÉRÊT EST DE VOIR LE PATRON PERDRE À LA PRÉSIDENTIELLE, POUR AVOIR UNE CHANCE DE SE PRÉSENTER À L'ÉLECTION SUIVANTE.
TRÈS BIEN.
CELA NE DURERA PAS LONGTEMPS, UNE GROSSE DEMI-HEURE TOUT AU PLUS. IL Y A LA VISITE D'UN LABORATOIRE DE RECHERCHE AU PROGRAMME, ENSUITE.
INFO
MOI, JE SURVEILLE TEXIER.
JE CROYAIS QUE VOUS ÉTIEZ AMIS ?
NON. C'EST UNE ORDURE, MAIS IL A UN VRAI TALENT. C'EST UN APPARATCHIK QUI A DÉCIDÉ DE DEVENIR DÉPUTÉ. ET SI TRÉMEAU AVAIT GAGNÉ, IL AURAIT ÉTÉ MINISTRE...

iLS VEU...
iL SAVAIT QUE SON ARMÉE NE POURRAIT NI S'Y RAVITAILLER, NI S'Y DÉPLACER SELON LES MÉTHODES HABITUELLES...
JE... PARDON ?
NAPOLÉON, QUAND iL A DÉCIDÉ D'ENVAHIR LA RUSSIE. JE ME DEMANDERAI TOUJOURS POURQUOI...
L'ORGUEIL, PEUT-ÊTRE...?
LE PATRON 27 %
VITAL 26 %

ATTENDEZ, IL FAUT QUE JE VOUS FASSE ÉCOUTER QUELQUE CHOSE...
QUOI, MON PETIT ?
IL FAUT QUE VOUS ARRÊTIEZ DE M'APPELER « MON PETIT ». JE M'APPELLE LOUIS. LOUIS CALIGNY.
OUI, JE SAIS, ET TON PÈRE ÉTAIT MINISTRE. MAIS TOUT LE MONDE A UN SURNOM, ET TU N'Y ÉCHAPPERAS PAS.
LÀ-BAS, TU AS LA VALKYRIE, NOTRE ORGANISATRICE EN CHEF. ET LA BELLE BLONDE, C'EST MARILYN, QUI S'OCCUPE DE LA PRESSE.
LE MALABAR QUI SURVEILLE LE PATRON, C'EST LE COW-BOY.
LE DIRECTEUR DE CAMPAGNE, QUI N'EST PAS LÀ, S'APPELLE LE MAJOR. ET DANS LA VOITURE, C'EST FANGIO.
ET VOUS, QUI ÊTES-VOUS ?
MOI, JE SUIS CELUI QUI DONNE LES SURNOMS.

10 : 23
Mardi 16 Février
X
repondeur
Vous avez un nouveau message

RÉPONDEUR

Vous avez un nouveau message.

Message reçu le 16 février, à 10 h 23.

Bip.

Pinguet sait qui a truqué le vote du 15 septembre.

Pinguet pourrait parler. Mais Pinguet est mort.

Curieux, non ?

PINGUET, C'EST LE SÉNATEUR, NON ? J'AI VU SON NOM DANS DES ARTICLES SUR MON PÈRE...
OUI. SÉNATEUR DE L'ISÈRE DEPUIS VINGT ANS. PAS TRÈS MALIN, MAIS CORRECT. OPPORTUNISTE, AUSSI. ET RICHE.
QU'A-T-IL À VOIR AVEC LA PRIMAIRE DU 15 SEPTEMBRE ?
MON PETIT, J'AI PASSÉ L'ÂGE DE JOUER AUX DEVINETTES AVEC DES CRÉTINS QUI N'ONT RIEN D'AUTRE À FAIRE QUE DE LAISSER DES MESSAGES.
EN ATTENDANT, VOUS LA FERMEZ. ON N'EN PARLE À PERSONNE. COMPRIS, MON PETIT ?
OUI, MAIS NOUS RISQUONS D'AVOIR UN VRAI PROBLÈME, LÀ.
LEQUEL ?
IL VA FALLOIR ARRÊTER DE M'APPELER «MON PETIT». MON NOM EST LOUIS.

HUMMM... REGARDE, IL EST PARFAIT.
IL A ÉTÉ TRÈS BON SUR LA POLITIQUE DE RECHERCHE ET LES FINANCEMENTS.
LES JOURNALISTES SONT CONTENTS DE FAIRE DES IMAGES. IL EST BON POUR ÇA.
PAS DE QUESTIONS SUR LA PRIMAIRE DE SEPTEMBRE ?
NON, POURQUOI ? IL Y A QUELQUE CHOSE QUE JE DEVRAIS SAVOIR ?
NON, RIEN, MAIS PRÉVIENS-MOI SI TU ENTENDS QUOI QUE CE SOIT.
TU TE FOUS DE MA GUEULE ?
QUE ?...
SI TU NE ME DIS PAS DE QUOI IL S'AGIT, C'EST UN JOURNALISTE QUI TÔT OU TARD POSERA LA QUESTION AU PATRON, AVEC TOUS LES RISQUES QUE CELA COMPORTE S'IL NE SAIT PAS RÉPONDRE...
MMM... AH OUI ! TRÈS BIEN...

MARDI 16 FÉVRIER, 12H15. HIPPODROME DE MARCQ-EN-BARŒUL.
J'AURAI TROIS QUESTIONS À VOIR À TON RETOUR.
PAS DE SOUCI, MAIS EN ATTENDANT, J'AI UNE URGENCE.
APPELLE LE DIRECTEUR INFORMATIQUE DU PARTI. RÉUNION DEMAIN AU QG À 7H30. LUI, TOI ET MOI, C'EST TOUT.
ET REGARDE CE QUE L'ON A SUR LE SÉNATEUR PINGUET. DISCRÈTEMENT.
J'APPELLE DÈS QUE J'AI DU NEUF.
JE VIENS DE RECEVOIR UN MESSAGE ÉTONNANT. ET JE SUIS TRÈS EN COLÈRE.
ATTENDS, MOLLO, ON NE SAIT MÊME PAS QUI...
MOLLO ?! TON PATRON VIENT DANS MA CIRCONSCRIPTION ET NE DONNE MÊME PAS DE DATE ?!
20
27
AAAAAAAAH ! TU PARLES DE ÇA ! NE T'ÉNERVE PAS, JE LUI EN PARLERAI !
JE VEUX SON SOUTIEN, TU M'ENTENDS ?!
JE M'EN OCCUPE, JE TE DIS !

MARDI 16 FÉVRIER, 22H28.
IL EST PEUT-ÊTRE TEMPS POUR NOTRE JEUNE AMI DE VOIR COMMENT L'ON AFFRONTE UNE MEUTE DE JOURNALISTES SANS SE FAIRE MORDRE...
JE SAIS QUE VOUS VOUS DEMANDEZ POURQUOI J'AI VOULU LOUIS CALIGNY DANS NOTRE ÉQUIPE...
IL EST MALIN ET APPREND VITE. MAIS DE LÀ À CE QU'IL SOIT UTILE DANS CETTE CAMPAGNE !
RANDOLPH ET WINSTON CHURCHILL.
PARDON ?
LE PÈRE DE WINSTON CHURCHILL AURAIT DÛ ÊTRE PREMIER MINISTRE S'IL N'ÉTAIT PAS DEVENU FOU. ON NE PEUT PAS COMPRENDRE WINSTON SI L'ON NE SAIT PAS QU'IL A ÉTÉ MARQUÉ PAR LA FOLIE DE SON PÈRE, RANDOLPH, ET PAR SA CHUTE.
93 - 87 3147 - 157 - OF - SNCF

LOUIS A AUSSI ÉTÉ MARQUÉ PAR LA DISPARITION DE SON PÈRE. C'EST PEUT-ÊTRE NOTRE FUTUR WINSTON, QUI SAIT ?
J'AI 63 ANS, VOUS À PEINE DIX DE MOINS. NOUS AVONS BESOIN DE JEUNES DANS L'ÉQUIPE. TENEZ, CITEZ-MOI UN CHANTEUR D'AUJOURD'HUI !
EUH... FRANCIS CABREL ?
VOILÀ. LA PREUVE EST FAITE QUE NOUS AVONS BESOIN DE CALIGNY.
ÇA VA, ÇA VA !
BON, TEXIER VEUT QUE VOUS VENIEZ DANS SA CIRCONSCRIPTION, AVEC VISITE DES CHANTIERS NAVALS ET TOUT LE TOUTIM.
TEXIER ? LE MÊME TEXIER QUI M'A CRACHÉ À LA GUEULE PENDANT TOUTE LA CAMPAGNE ?
ÇA Y EST, IL A ENFIN COMPRIS QUE C'ÉTAIT MOI LE VAINQUEUR ET PAS SA PÉTROLEUSE ?
OUI, JE SAIS, IL EST INSUPPORTABLE, MAIS FAIRE UN GESTE PERMETTRAIT DE PANSER LES PLAIES... ET IL A BESOIN DE SOUTIEN POUR LES LÉGISLATIVES.
L'OPPOSITION VIENT DE LANCER CONTRE LUI UN TYPE TRÈS BIEN, ET TEXIER A DU SOUCI À SE FAIRE.
RAISON DE PLUS. VOUS LUI DIREZ QUE CEUX QUI VEULENT MON SOUTIEN AUX LÉGISLATIVES DOIVENT ME SOUTENIR POUR LA PRÉSIDENTIELLE. QUOI D'AUTRE ?

CALIGNY
VENEZ MON PETIT...
J'AI UNE ALERTE SUR LES PRIMAIRES. JE NE VOUDRAIS PAS QUE ÇA DEVIENNE UNE RUMEUR.
QUE SAIT-ON EXACTEMENT ?
UN INCONNU A LAISSÉ UN MESSAGE SUR LE PORTABLE DE CALIGNY...
IL AFFIRME QUE LES RÉSULTATS DE LA PRIMAIRE ONT ÉTÉ TRUQUÉS.
ET NOUS ALERTE SUR LA MORT DE PINGUET.
PINGUET ? LE SÉNATEUR ?!
ON LE SAURAIT S'IL ÉTAIT MORT ! J'AI UNE RÉUNION DEMAIN, JE M'EN OCCUPE.
BIEN.
VENEZ, CALIGNY ! JE VAIS VOUS PARLER DE WINSTON CHURCHILL !
POURQUOI VOUS SOURIEZ BÊTEMENT EN ME REGARDANT ?
JE CROIS QUE JE VOUS AI TROUVÉ UN SURNOM.

LA FRAUDE ÉLECTORALE, C'EST LA PATHOLOGIE DE L'APPARATCHIK. IL N'EST PAS OBLIGÉ DE PRATIQUER, MAIS IL EST OBLIGÉ DE CONNAÎTRE.
SI LES ÉLECTIONS NATIONALES SE DÉROULENT DE FAÇON CORRECTE, LES ÉLECTIONS INTERNES DES PARTIS RENVOIENT PARFOIS AUX PIRES PRATIQUES DES RÉPUBLIQUES BANANIÈRES...
JE NE L'AVAIS JAMAIS SENTIE, CETTE PRIMAIRE.
SCRUTIN TRÈS SERRÉ D'ENTRE DEUX TOURS, VOTE ÉLECTRONIQUE PAR INTERNET... TROP D'INNOVATIONS, TROP DE PREMIÈRES FOIS.
J'ALLAIS DEVOIR ESSAYER DE COMPRENDRE COMMENT FONCTIONNAIT LE SYSTÈME DE VOTE. J'ALLAIS DONC DEVOIR POSER DES QUESTIONS À DES INFORMATICIENS.
ET JE DÉTESTE LES INFORMATICIENS. JE NE COMPRENDS PAS CE QU'ILS DISENT...
Le Télégramme
quel candidat est en tête ?
LE PATRON 29 %
VITAL 28 %
LE MAJOR NE SERAIT PAS DE TROP POUR M'AIDER À GARDER MON CALME...
6:00

TROIS JOURS AVANT LE K.O..
MERCREDI 17 FÉVRIER, 7H20.
TABAC
BAR
TAXI
PARISIEN
DANS L'OMBRE
JE VOUS AI VU À LA TÉLÉ, NON ?
ÇA DÉPEND, VOUS AVEZ CANAL + ?
PARCE QUE JE PASSE ASSEZ TARD, LE SAMEDI VERS MINUIT, GÉNÉRALEMENT. PEUT-ÊTRE ÉTAIT-CE AU JOURNAL DU HARD ? ÇA FAIT UN MOMENT QUE JE N'AI PAS ÉTÉ FILMÉ.
MAIS ÇA FAIT PLAISIR D'ÊTRE RECONNU, PARCE QUE GÉNÉRALEMENT, CE N'EST PAS MA TÊTE QUI FRAPPE L'IMAGINATION...
... SI VOUS VOYEZ CE QUE JE VEUX DIRE...
C'EST ICI.

QU'EST-CE QU'IL FAIT LÀ ? JE CROYAIS QUE C'ÉTAIT UNE RÉUNION À TROIS ?
LA FRANCE ENSEMBLE !
WINSTON OBÉIT AUX ORDRES, CHER MAJOR ! UN JEUNE HOMME CAPABLE DE SE LEVER POUR UNE RÉUNION À 7H30, C'EST LA PREUVE QUE MAI 68 EST ENFIN LIQUIDÉ !
WINSTON ?
OUI, C'EST VOTRE SURNOM, MAINTENANT !
ET LUI ?
LUI, C'EST PAUL FROUX, LE DIRECTEUR INFORMATIQUE. ON L'APPELLE, EUH... PAUL FROUX. IL VA NOUS EXPLIQUER COMMENT LE SYSTÈME A ÉTÉ ORGANISÉ.
AVEC DES PHRASES TRÈS SIMPLES, HEIN, PAUL ? SUJET, VERBE, COMPLÉMENT !
CHAQUE ADHÉRENT REÇOIT UN NUMÉRO ALÉATOIRE QUI FAIT OFFICE D'IDENTIFIANT POUR LE VOTE : ENSUITE, LA MATRICE... EUH, LE PROGRAMME LUI AFFECTE UN CODE SECRET À DIX CHIFFRES.
QUI ATTRIBUE LES CODES SECRETS ?
DROÏDE, NOTRE SOCIÉTÉ SOUS-TRAITANTE. CE SONT EUX QUI ENVOIENT DIRECTEMENT LE CODE SECRET À CHAQUE MEMBRE.

LE PARTI NE PEUT PAS CONNAÎTRE LE CODE SECRET D'UN ADHÉRENT, ET DONC PERSONNE NE PEUT VOTER À SA PLACE. C'EST TRÈS SECURE, IL Y A DES FIREWALLS PARTOUT, ET LE SYSTÈME A ÉTÉ CLEARÉ.
GNÉ ?
IL VEUT DIRE QUE TOUTE FRAUDE EST IMPOSSIBLE.
SANS COMPTER QU'IL Y A DES HUISSIERS À CHAQUE ÉTAPE.
BON, REPRENONS...
Y A-T-IL EU DES INCIDENTS, DES INTRUSIONS DANS LE SYSTÈME INFORMATIQUE ? DES TRUCS QU'ON NE SAIT PAS EXPLIQUER ?
QUE S'EST-IL PASSÉ LE 15 SEPTEMBRE, QUOI ?!
EUH...
MADAME TRÉMEAU A PERDU ET LE PATRON A GAGNÉ ?
BON...
... JE PROPOSE QUE WINSTON ESSAIE DE COMPRENDRE CETTE AFFAIRE, PENDANT QUE NOUS NOUS OCCUPONS DE NOTRE VRAI MÉTIER ! LE PATRON ARRIVE DANS UN QUART D'HEURE !

MERCREDI 17 FÉVRIER, 8H30.
ON A GAGNÉ, NON ? DE JUSTESSE, MAIS PERSONNE N'A CONTESTÉ LA VICTOIRE, BON SANG, PAS MÊME TRÉMEAU !
FRANCE SEMBLE !
L'IMPORTANT N'EST PAS QUE LA RUMEUR SOIT VRAIE OU FAUSSE, C'EST QU'ELLE SE RÉPANDE : ÇA PEUT FOUTRE LE BORDEL DANS NOTRE CAMP !
LE SÉNATEUR PINGUET EST BIEN VIVANT, ET JE PEUX VOUS ASSURER QU'IL N'EST AU COURANT DE RIEN. IL FAUT RESTER DISCRET ET CONTINUER À BOSSER.
LA FRANCE ENSEMBLE !
VOUS TOMBEZ BIEN ! EST-CE QUE LES JOURNALISTES VOUS ONT INTERROGÉE ?
EUH, NON, PAS POUR L'INSTANT.
LA FRA ENSEMB
MAIS SI ÇA SORT, ÇA PEUT ÊTRE TRÈS MAUVAIS POUR NOUS. EN FACE, VITAL JOUE LA CARTE DE LA « POLITIQUE AUTREMENT ». CE SERA PLUS FACILE POUR LUI SI ON A L'AIR DE VIEUX MAGOUILLEURS...
ENFIN, JE VEUX DIRE, DE MAGOUILLEURS...
FAUT ARRÊTER DE DÉCONNER ! LA POLITIQUE AUTREMENT, ÇA N'EXISTE PAS ! C'EST UN MÉTIER, Y A PAS MILLE FAÇONS DE FAIRE !
LA POLITIQUE, C'EST BOUFFER DU TERRAIN, AVOIR UN PARTI, DES MILITANTS, DES RÉSEAUX.
VITAL MAÎTRISE TOUT ÇA À LA PERFECTION !

WINSTON, VOUS AVEZ AVANCÉ POUR DÉMÊLER CE MERDIER ?
OUI. J'EN AI PARLÉ À MON ONCLE. UN HOMME DE CONFIANCE ET UN CADOR EN INFORMATIQUE. JE VOUS LE PRÉSENTERAI ET VOUS COMPRENDREZ QUAND JE PARLE DE CONFIANCE.
IL M'AFFIRME QUE TRUQUER LE VOTE EST POSSIBLE.
IL FAUT LA LISTE DES IDENTIFIANTS ET CELLE DES CODES SECRETS ATTRIBUÉS PAR DROÏDE. DONC POUR DES VOTES FICTIFS, IL FAUT UNE COMPLICITÉ CHEZ DROÏDE ET UNE AUTRE AU SEIN DU PARTI.
COMMENT ÇA, DES VOTES FICTIFS ?!
CHAQUE ORDINATEUR A UNE ADRESSE INTERNET, UNE ADRESSE IP. LA COMMISSION DE CONTRÔLE DU PARTI A LIMITÉ CHAQUE ADRESSE IP À DIX VOTES, POUR PERMETTRE AUX VIEILLES DAMES DE PARTICIPER.
JUSQUE-LÀ, OK. ET ENSUITE ?
CETTE RÈGLE A ÉTÉ LEVÉE DISCRÈTEMENT. LES ORDINATEURS DES PERMANENCES N'ONT PLUS ÉTÉ SOUMIS À AUCUNE LIMITE...
LORSQU'UN MILITANT ADHÈRE AU PARTI, ON LUI DONNE UN IDENTIFIANT QUI NE CHANGERA JAMAIS, MÊME S'IL NOUS QUITTE. IL N'EST DONC PAS NÉCESSAIRE DE TRUQUER TOUS LES VOTES... JUSTE QUELQUES-UNS.
MERDE...
COMME VOUS DITES : 302 638 ADHÉRENTS, ET 491 VOIX D'ÉCART. 491 CLICS DE SOURIS. ET IL Y A AUTRE CHOSE QUI ME TRACASSE...
LAQUELLE ?
NOTRE INCONNU... POURQUOI EST-CE MOI QU'IL APPELLE...?

RÉPONDEUR

Vous avez un nouveau message.

Message reçu le 18 février, à 11 h 10.

Bip.

Je ne peux pas dire qui je suis.

Mais j'ai une conception de l'honneur qui n'est pas celle des autres.

Il y a urgence, et je finis de réunir les papiers. Je crois qu'il est temps que nous fassions connaissance.

Rendez-vous sous le pont Neuf, samedi à 22 heures.

DEUX JOURS AVANT LE K.O.. JEUDI 18 FÉVRIER, 14 H 05.
C'EST UN MESSAGE ENREGISTRÉ...
EN TOUT CAS, C'EST MOI QUI VAIS Y ALLER, AVEC UN GARS DE LA SÉCURITÉ.
FRANCE SEMBL
BEN VOYONS ! ET QUAND IL CHERCHERA UN BEAU GOSSE COMME MOI, JEUNE ET AVEC UNE BONNE MINE, VOUS ALLEZ LUI DIRE QUOI ?
AH, VOUS ÊTES LÀ, J'AI DU NOUVEAU !
CE N'EST PAS DU SÉNATEUR PINGUET DONT ON PARLE, MAIS DE SON FILS. IL EST MORT LUNDI MATIN.
?!
ACCIDENT DE VOITURE, DIMANCHE SOIR. IL ROULAIT TROP VITE, ET A VOULU ÉVITER QUELQUE CHOSE. JE N'EN SAIS PAS PLUS POUR L'INSTANT.
LE FILS PINGUET ÉTAIT UN GOUROU DU E-BUSINESS, ET A FAIT FORTUNE SUR INTERNET : COMMERCE, IMMOBILIER, CONSEIL AUX ENTREPRISES AVEC SA BOÎTE, D&M.
IL A CRÉÉ CETTE ENTREPRISE AVEC UN AUTRE ASSOCIÉ, UN CERTAIN GRULIER QUI GÈRE PARALLÈLEMENT UNE AUTRE BOÎTE, LA SEDD.
UNE SOCIÉTÉ IMPOSSIBLE À TROUVER SUR GOOGLE, ET POUR CAUSE !
EXPLIQUE-MOI ÇA.
ELLE A CHANGÉ DE NOM. ELLE S'APPELLE DÉSORMAIS « DROÏDE »...

LA VEILLE DU K.O.. VENDREDI 19 FÉVRIER, 13 H 15.
LE DÉJEUNER POLITIQUE OBÉIT À PLUSIEURS RÈGLES. LA PREMIÈRE EST DE LAISSER PARLER UN ÉLU DE SON SUJET FAVORI : LUI-MÊME.
RÈGLE NUMÉRO DEUX : ON DÉJEUNE PLUS RAPIDEMENT AVEC UN DÉPUTÉ QU'AVEC UN SÉNATEUR, PARCE QU'IL DOIT FAIRE CROIRE QU'IL A DU TRAVAIL.
Restaurant CHEZ FRANÇOIS
RÈGLE NUMÉRO TROIS : IL EST SOUVENT PLUS UTILE DE DÉJEUNER AVEC UN ADVERSAIRE POLITIQUE. ON SE VOIT PEU, ET DONC ON SE PARLE VRAIMENT.
ET LA DERNIÈRE RÈGLE, LA PLUS IMPORTANTE : TOUJOURS SE MÉFIER QUAND ON DÉJEUNE AVEC JEAN TEXIER.
CHEZ MOI, ILS SONT ENCORE TRÈS AFFECTÉS PAR LA PRIMAIRE. TROP D'ATTAQUES PERSONNELLES, TROP DE MAUVAIS COUPS.
IL Y A EU DES EXCÈS DES DEUX CÔTÉS.
RIEN D'IRRÉPARABLE. NOUS CONTINUONS À CROIRE QUE NOUS POUVONS JOUER UN RÔLE.
JEAN, NOUS NE SOMMES PAS ICI POUR NÉGOCIER LA COMPOSITION D'UN FUTUR GOUVERNEMENT. NOUS AVONS TOUS À PERDRE SI NOUS NE SOMMES PAS UNIS.

NON. TON PATRON A BEAUCOUP PLUS À PERDRE QUE MARIE-FRANCE TRÉMEAU. ELLE EST JEUNE ET POPULAIRE, FERA CINQ ANS DANS L'OPPOSITION PUIS PRENDRA LE CONTRÔLE DU PARTI. TON PATRON, LUI, DISPARAÎTRA.
Restaurant
CHEZ FRANÇOISE
VOUS NE POUVEZ PAS JOUER LA DÉFAITE, JEAN. ON SE CONCENTRERA SUR LES LÉGISLATIVES APRÈS LA PRÉSIDENTIELLE.
UN MEETING COMMUN. MARIE-FRANCE ET LE PATRON, SUR LA MÊME TRIBUNE, CHEZ MOI.
TU SAIS...
J'AURAI BEAUCOUP DE MAL À CONVAINCRE MA PATRONNE QU'ELLE DOIT COOPÉRER À UNE CAMPAGNE DONT L'ACTE FONDATEUR AURAIT ÉTÉ UNE FRAUDE.
NOUS ATTENDONS DES GESTES DE VOTRE PART, DES GESTES FORTS. ET ENTRE NOUS, NOUS SAVONS QU'IL EST PARFAITEMENT POSSIBLE DE TRUQUER LE VOTE DE LA PRIMAIRE...
ET J'AI SUFFISAMMENT D'ESTIME POUR TOI POUR T'EN SAVOIR TOUT À FAIT CAPABLE...
UN DESSERT, MONSIEUR ?
NON, MERCI.
J'AI QUELQUE CHOSE QUI M'EST RESTÉ SUR L'ESTOMAC...

JOUR DU K.O..

DIMANCHE 21 FÉVRIER, 12 H 08.
SI C'EST COMME ÇA QUE VOUS VOUS OCCUPEZ DES DOSSIERS QUE JE VOUS CONFIE, JE PEUX COMMENCER À M'INQUIÉTER !
OÙ... OÙ SOMMES-NOUS ?
CHEZ MOI !
ENFIN, CHEZ MA MÈRE.
QUAND VOUS AVEZ ÉTÉ ASSOMMÉ, LES DEUX TYPES AVAIENT DÉJÀ BALANCÉ NOTRE INCONNU À L'EAU. ILS ONT RÉUSSI À S'ÉCHAPPER.
SI LA PRESSE APPREND QUE MON PRINCIPAL COLLABORATEUR A ÉTÉ MÊLÉ À UNE BAGARRE MORTELLE !
COMMENT ÇA, MORTELLE ? QUI EST MORT ?
NOTRE INCONNU, JE LE CRAINS. ON N'A PAS RETROUVÉ LE CORPS, MAIS IL Y AVAIT DU SANG PARTOUT QUAND JE SUIS ARRIVÉ...
ET QUE DISENT LES FLICS ?
RIEN. ILS NE SONT PAS AU COURANT. LES FLICS, C'EST LE MINISTÈRE DE L'INTÉRIEUR, ET DONC C'EST VITAL. C'EST POUR ÇA QUE VOUS ÊTES ICI, ET PAS À L'HÔPITAL.
VOUS N'ÊTES PAS SÉRIEUX ? ET SI QUELQU'UN PARLE...?

PERSONNE NE PARLERA.
VOUS AVEZ ESSAYÉ DE SECOURIR CE TYPE...
... VOUS AURIEZ PU Y LAISSER VOTRE PEAU.
LES PERSONNES DANS CETTE PIÈCE PEUVENT EN TÉMOIGNER.
LES MÊMES PERSONNES QUI ONT OMIS D'APPELER LES SECOURS ALORS QU'UN HOMME VENAIT D'ÊTRE BALANCÉ DANS LA SEINE...
BON. SILENCE COMPLET SUR CETTE SOIRÉE : ON VERRA BIEN CE QU'EST DEVENU NOTRE INCONNU.
QUELQUE CHOSE VOUS CHIFFONNE, WINSTON ?
OUI. NOTRE INCONNU OU MOI ÉTIONS SUR ÉCOUTE. ET DES TYPES, LÀ, DEHORS, SONT ASSEZ DÉTERMINÉS POUR ASSASSINER QUELQU'UN SIMPLEMENT PARCE QU'IL VOULAIT NOUS DIRE QUELQUE CHOSE.
ÇA DEVIENT DANGEREUX. ET QUAND ÇA DEVIENT TROP DANGEREUX, JE FAIS ENTRER MON ONCLE DANS LA DANSE. MON ONCLE, GASPARD CALIGNY.
VOTRE ONCLE ? L'INFORMATICIEN ?
IL N'EST PAS VRAIMENT INFORMATICIEN. ET S'IL ACCEPTE DE NOUS AIDER, LES TYPES DE CE SOIR PEUVENT COMMENCER À SE FAIRE DU SOUCI...
JE L'APPELLE...

ALORS C'EST VOUS, L'ONCLE ?
OUI. NE VOUS FATIGUEZ PAS À M'EXPLIQUER, LOUIS M'A TOUT RACONTÉ. POURQUOI TRÉMEAU N'A-T-ELLE PAS CONTESTÉ LE RÉSULTAT DES PRIMAIRES ?
AU MOINS VOUS NE PERDEZ PAS DE TEMPS, VOUS !
C'EST LE SYNDROME AL GORE : ÊTRE MAUVAIS PERDANT, DANS MON MONDE, C'EST UN PÉCHÉ MORTEL. ELLE PRÉSERVE AINSI TOUTES SES CHANCES POUR L'AVENIR.
JE N'AIME PAS VOTRE MONDE, MAIS JE VAIS VOUS AIDER. POUR LOUIS. VOUS, VOUS M'ÊTES INDIFFÉRENT.
IL A ATTRAPÉ LE VIRUS DE LA POLITIQUE. JE VEILLE SUR LUI DEPUIS LA MORT DE SON PÈRE, IL Y A DIX ANS...
... ET JE SUIS SÛR D'UNE CHOSE...
... SI VOUS REPLACEZ UNE FOIS, UNE SEULE FOIS, MON NEVEU DANS UNE SITUATION DANGEREUSE, C'EST VOUS QUE L'ON RETROUVERA DANS LA SEINE.
MARILYN ? QUE SE PASSE-T-IL ?
IL FAUT QU'ON VOIE LE PATRON.
LE MATIN VA PARLER D'UNE POSSIBLE FRAUDE DANS SON ÉDITION DE DEMAIN...

JEUDI 25 FÉVRIER, 10H33.
JE VOUS REPOSE LA QUESTION : ÊTES-VOUS CERTAIN DE LA RÉGULARITÉ DE LA PRIMAIRE FACE À MARIE-FRANCE TRÉMEAU ?
ET JE VOUS LA RETOURNE : EST-CE À MOI DE DÉMONTRER QU'ELLE A ÉTÉ RÉGULIÈRE ?
CETTE RUMEUR N'A PAS DE FONDEMENT, ET JE NE ME LAISSERAI PAS FAIRE, CAR JE SUIS FIER D'AVOIR EU RECOURS À DES TECHNOLOGIES INNOVANTES.
10:34 • DIRECT
NÉANMOINS, J'AI DILIGENTÉ UNE ENQUÊTE INTERNE SUR LES CONDITIONS DU VOTE...
QUE S'EST-IL PASSÉ ?
RENDEZ-VOUS À SUIVRE
Avec des images impressionnantes, des témoignages et des documents inédits, «Police, au coeur du chaos», lundi à 20h40 sur notre chaîne.
... UNE ENQUÊTE QUI DIRA, J'EN SUIS PERSUADÉ, QUE TOUT A ÉTÉ RÉGULIER ET QUE...

LE DÉJEUNER AVEC L'ÉDITORIALISTE EST TOUJOURS DANS LES TUYAUX ?
OUI, L'ANNULER AURAIT ÉVEILLÉ DES SOUPÇONS. JE COMPILE LE DOSSIER DE PRESSE POUR LE PATRON.
JE PRÉPARE QUELQUES PHRASES, ÉCOUTE ÇA...
UNE POITRINE, C'EST ROND, C'EST CONFORTABLE, ET ON DOIT POUVOIR METTRE SON NEZ DEDANS AVEC JUBILATION...
C'EST FOU COMME UN GRAIN DE BEAUTÉ PEUT EXCITER L'IMAGINATION...
L'IMAGINATION, ET LES SOUVENIRS...
JUSTE UNE PETITE TACHE BRUNE SUR UNE PEAU BRONZÉE...
DIS, TU M'ÉCOUTES ? TU PENSES À QUOI, LÀ ?

À NICE...
OUI, EH BIEN NICE, C'ÉTAIT IL Y A SEPT ANS, AUTANT DIRE UNE ÉTERNITÉ !
TU ES SÛR QUE TU ME DIS TOUT SUR CETTE AFFAIRE ?
TU EN SAIS AUTANT QUE MOI. POURQUOI CETTE QUESTION ?
JE TE CONNAIS, JE SAIS CE DONT TU ES CAPABLE. S'IL Y A EU FRAUDE, TU ÉTAIS À LA MANŒUVRE.
TU CROIS QUE J'AI TRAFIQUÉ LA PRIMAIRE ?! MAIS... TU ME PRENDS POUR QUI ?!!
POUR UN APPARATCHIK QUI ATTEND CETTE PRÉSIDENTIELLE DEPUIS TRENTE ANS, ET QUE RIEN N'ARRÊTE. ET JE NE SUIS PAS LA SEULE À PENSER ÇA.
TU PARLES DU MAJOR ? MAIS JE N'AI RIEN FAIT, BORDEL, VOUS ÊTES DINGUES !!!
VLAN
BONJOUR CHER ONCLE, COMMENT ALLEZ-VOUS...?
VOTRE NOYÉ S'APPELLE MUKKI...
PAUL MUKKI.

VENDREDI 26 FÉVRIER, 8 H 45.
D'ABORD PINGUET, PUIS MUKKI ? QUE DES BRAS CASSÉS ?!
PINGUET, ON NE LE CONNAISSAIT PAS TRÈS BIEN. MAIS MUKKI, IL ÉTAIT AU SERVICE DES ADHÉSIONS. LÀ OÙ L'ON A ACCÈS AU FICHIER...
C'ÉTAIT UN TYPE RÉGLO. IL EST PARTI, IL Y A DES ANNÉES.
ET QU'EST-CE QU'IL FAISAIT, CE TYPE RÉGLO ?
C'ÉTAIT UNE PETITE MAIN. IL PORTAIT D'ABORD DES CAISSES, PUIS S'EST FAIT MUTER AU SERVICE INFORMATIQUE OÙ IL SAISISSAIT LES INFORMATIONS DES ADHÉRENTS DANS LE FICHIER CENTRAL.
MAIS PERSONNE NE SAIT QUI L'A RECRUTÉ. LES GENS SE RAPPELLENT D'UN BON CAMARADE, SIMPLE, TRAVAILLEUR, DISCRET.
IL FAUT QU'ON SACHE OÙ IL EST PARTI, ET CE QU'IL A FAIT DEPUIS.
JE... HUM !
OUI ?
LE MAGAZINE L'ENQUÊTE PRÉPARE UN PAPIER SUR L'ORGANISATION DU VOTE, ET ILS VONT PARLER DE DROÏDE DANS LE NUMÉRO DE LA SEMAINE PROCHAINE.
ET ?
ON VA MORFLER.

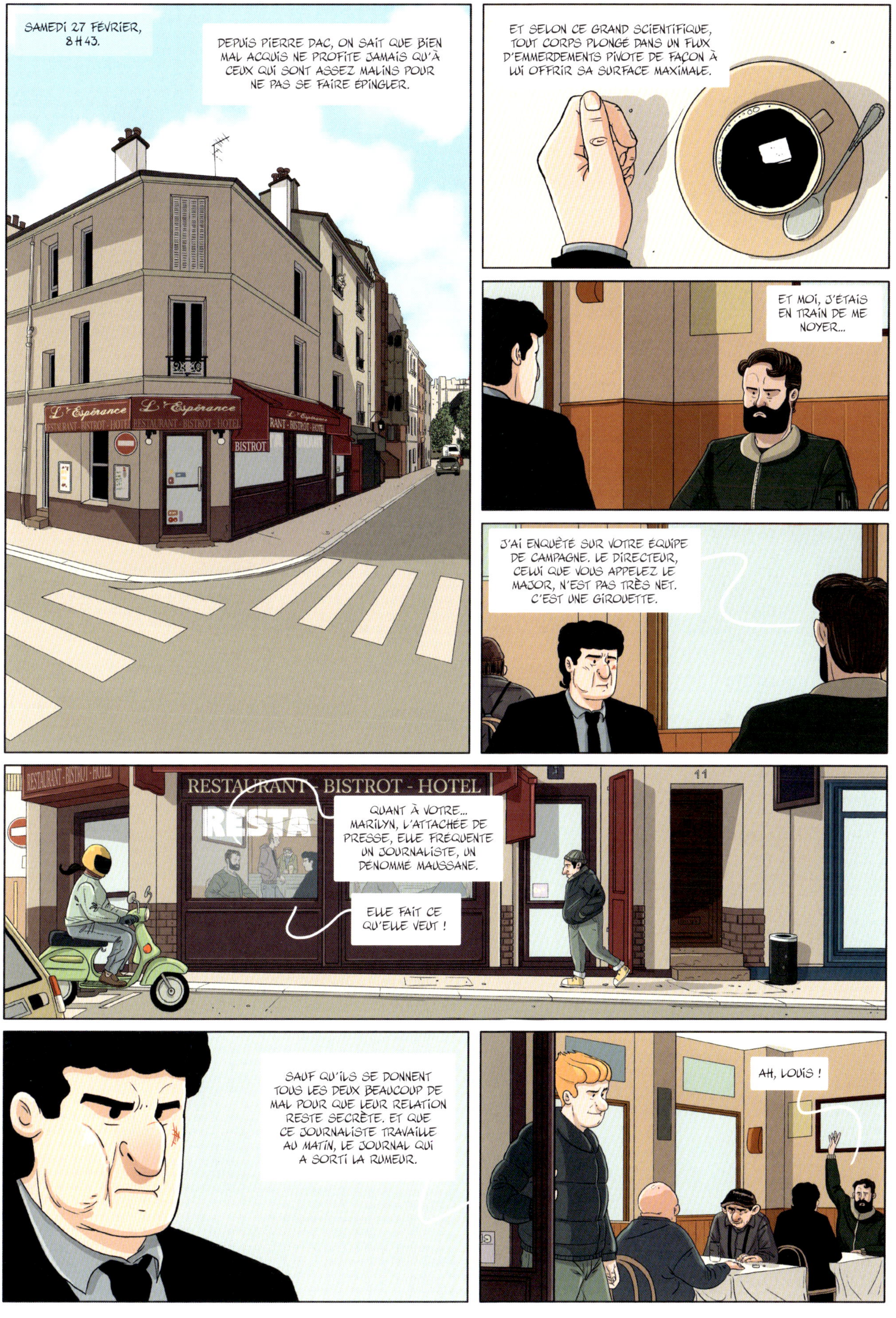
SAMEDI 27 FÉVRIER, 8 H 43.
DEPUIS PIERRE DAC, ON SAIT QUE BIEN MAL ACQUIS NE PROFITE JAMAIS QU'À CEUX QUI SONT ASSEZ MALINS POUR NE PAS SE FAIRE ÉPINGLER.
L'Espérance
RESTAURANT - BISTROT - HOTEL
BISTROT
ET SELON CE GRAND SCIENTIFIQUE, TOUT CORPS PLONGÉ DANS UN FLUX D'EMMERDEMENTS PIVOTE DE FAÇON À LUI OFFRIR SA SURFACE MAXIMALE.
ET MOI, J'ÉTAIS EN TRAIN DE ME NOYER...
J'AI ENQUÊTÉ SUR VOTRE ÉQUIPE DE CAMPAGNE. LE DIRECTEUR, CELUI QUE VOUS APPELEZ LE MAJOR, N'EST PAS TRÈS NET. C'EST UNE GIROUETTE.
RESTAURANT - BISTROT - HOTEL
QUANT À VOTRE... MARILYN, L'ATTACHÉE DE PRESSE, ELLE FRÉQUENTE UN JOURNALISTE, UN DÉNOMMÉ MAUSSANE.
ELLE FAIT CE QU'ELLE VEUT !
SAUF QU'ILS SE DONNENT TOUS LES DEUX BEAUCOUP DE MAL POUR QUE LEUR RELATION RESTE SECRÈTE. ET QUE CE JOURNALISTE TRAVAILLE AU MATIN, LE JOURNAL QUI A SORTI LA RUMEUR.
AH, LOUIS !

J'AI RATÉ UN TRUC ? QU'EST-CE QU'ON SAIT SUR CE MUKKI ?
IL ÉTAIT EMPLOYÉ DU CONSEIL GÉNÉRAL DE L'ISÈRE. UN CONSEIL PRÉSIDÉ JUSQU'À PEU PAR... VITAL, L'ADVERSAIRE DE VOTRE PATRON.
ET LE PÈRE PINGUET EST UN DES ÉLUS HISTORIQUES DU DÉPARTEMENT...
BON, ON SAIT QUE MUKKI AVAIT ACCÈS AUX DONNÉES DES ADHÉRENTS, ET QUE LA SOCIÉTÉ DU FILS PINGUET A ORGANISÉ LE VOTE ET ATTRIBUÉ LES CODES SECRETS. COMMENT RELIER MUKKI ET PINGUET ?
PAR LE PÈRE PINGUET ! ÉLÉMENTAIRE, MON CHER WINSTON !
POURQUOI L'APPELEZ-VOUS WINSTON ?
C'EST LA RÈGLE DANS L'ENTOURAGE DU PATRON : CHACUN A UN SURNOM.
ET LE VÔTRE, C'EST QUOI ?
JE N'EN AI PAS. L'IMPORTANT, C'EST DE SAVOIR POURQUOI MUKKI A VOULU NOUS PRÉVENIR.
NON. L'IMPORTANT, C'EST DE SAVOIR S'IL Y A EU FRAUDE OU PAS. ET ÇA, JE VAIS M'EN OCCUPER.
PERSONNELLEMENT.

voter plusieurs fois et en i
d'autres membres pour qu'i
pour leur candidat.

Les révélations ont suscité
et l'indignation de la communauté,
qui a exigé des comptes et des res-
ponsabilités pour les coupables. Des

pour renforcer la transpar
la responsabilité lors des élections
futures.

Extraits de l'interview de Jean Texier, conseiller de Marie-France Trémeau.

Certains disent que Marie-France Trémeau digère mal sa défaite...

C'est quand même formidable ! Qui a voulu le vote par Internet ? Qui l'a organisé ? Ce n'est sûrement pas Marie-France Trémeau, qui a exprimé très tôt son scepticisme. Qu'on ne vienne pas aujourd'hui lui reprocher d'avoir eu raison !

Quelles conséquences pourrait-elle tirer de ce rebondissement ?

Nous n'en sommes pas encore au stade des conséquences. Nous voulons que la lumière soit faite sur ce qui s'est réellement passé. S'il y a eu tricherie, c'est évidemment très grave, et, dans cette hypothèse, je recommanderai, mais c'est mon avis personnel, à Marie-France de se sentir déliée de tout engagement vis-à-vis de ce vote interne et d'agir selon sa seule volonté.

Donc de se présenter aux élections ?

Ce sera à elle seule d'en décider.

JEAN, TES PROPOS DANS LE MAGAZINE SONT INACCEPTABLES. TU METS DE L'HUILE SUR LE FEU.
NE ME PARLE PAS SUR CE TON. MARIE-FRANCE A ÉTÉ EXEMPLAIRE DANS LA DÉFAITE, SI ON PEUT PARLER DE DÉFAITE. TU DEVRAIS T'INQUIÉTER DE LA LÉGITIMITÉ DE TON PATRON, PLUTÔT.
JE NE SUIS PAS INQUIET.
AH BON ? POURQUOI TU M'APPELLES, ALORS ?
VOUS AVEZ PLUTÔT INTÉRÊT À JOUER LES BONS PERDANTS, PARCE QUE LORSQUE CETTE AFFAIRE SERA RÉGLÉE, BEAUCOUP DE NOS AMIS VOUS EN TIENDRONT RIGUEUR.
SI LE PATRON GAGNE LA PRÉSIDENTIELLE, TU POURRAS GARDER TA CIRCONSCRIPTION, À CONDITION D'ÊTRE CORRECT AVEC NOUS. S'IL PERD, TU SERAS EMPORTÉ PAR LA VAGUE ROSE QUI SUIVRA.
JE N'APPRÉCIE PAS CE CHANTAGE.
SI TU CONTINUES À TIRER, JE TE PLANTE EN JUIN. JE SAIS TRÈS BIEN COMMENT TE FAIRE PERDRE, SURTOUT SI JE N'AI PLUS QUE ÇA À FAIRE.
EH BIEN, TON AVERTISSEMENT, TU PEUX TE LE TAILLER EN POINTE.

MARDI 2 MARS, 22 H 08.
La Madonnina
J'AI VU LE PÈRE PINGUET AU SÉNAT. IL PRÉTEND QU'IL NE CONNAIT PAS MUKKI, MAIS SON VISAGE DIT LE CONTRAIRE. IL A PEUR.
S'IL A PEUR, C'EST QU'IL A QUELQUE CHOSE À SE REPROCHER !
MARIE-FRANCE TRÉMEAU PRÉPARE UNE CANDIDATURE DISSIDENTE. PLUSIEURS MAIRES NE SAVENT PAS QUI EST LE CANDIDAT SOUTENU PAR LE PARTI.
OUI, J'AI APPRIS QU'ELLE RECHERCHAIT DES PARRAINAGES. LE MAIRE D'EU A APPELÉ.
LE MERDEUX ? QUEL MERDEUX ?
NON, LE MAIRE DE LA COMMUNE D'EU. DANS LA SEINE-MARITIME.
VOUS SAVEZ CE QUE JE PENSE ? ON N'A PAS ASSEZ BU CE SOIR...
HA, HA, HA !
?!
UN PROBLÈME ?
POSSIBLEMENT...
QUE ?!

HEIN ?!!
POC
CRAAC!
CRAC!
AAAAHHH!!

MERCREDI 3 MARS, 8H17.
OREILLE INTERNE TOUCHÉE, PERTE DE L'ÉQUILIBRE, ET CÉCITÉ PARTIELLE DUE À UN DÉCOLLEMENT DE LA RÉTINE...
LA POLITIQUE EST UN MONDE VIOLENT, MAIS C'EST UNE VIOLENCE PARTICULIÈRE : INJURES, TRAHISONS, CRITIQUES.
HÔPITAL UNIVERSITAIRE
DE TEMPS À AUTRE UN ASSASSINAT. BROGLIE A ÉTÉ TUÉ, BOULIN ET FONTANET SONT MORTS MYSTÉRIEUSEMENT. D'AUTRES ONT BRODÉ SUR LE SUICIDE DE BÉRÉGOVOY...
MAIS NORMALEMENT, ON NE SE FAIT PAS LYNCHER AU COIN DE LA RUE...
VOUS AVEZ UNE SALE GUEULE !
OUI, VRAIMENT UNE SALE GUEULE...
C'EST GENTIL DE VENIR ME REMONTER LE MORAL !
ILS ÉTAIENT VENUS POUR VOUS FAIRE PEUR, CE QUI VEUT DIRE QUE VOUS COMMENCEZ À DEVENIR GÊNANT. NOUS SOMMES SUR LA BONNE VOIE.
AH ! IL FAUT QUE JE ME FÉLICITE D'AVOIR ÉTÉ TABASSÉ, ALORS !
J'AI RÉCUPÉRÉ DEUX OU TROIS INFOS. LES TYPES VIENNENT D'UN PAYS DE L'EST, ET LE ROUQUIN AVAIT SUR LE BRAS UN TATOUAGE DE LA 13E DEMI-BRIGADE DE LA LÉGION ÉTRANGÈRE, À DJIBOUTI.
ET IL Y A AUTRE CHOSE, UN DOCUMENT PASSIONNANT QUOIQU'UN PEU TECHNIQUE...
UN AUDIT DE SÉCURITÉ DE LA SOCIÉTÉ DROÏDE, DATÉ DE DEUX SEMAINES AVANT LA PRIMAIRE. ET VOUS SAVEZ OÙ JE L'AI TROUVÉ ?
CHEZ VOTRE AMI LE MAJOR...

LUNDI 8 MARS, 10H33.
PONTARLIER, DOUBS.
MADAME TRÉMEAU, UN PETIT MOT POUR L'EST RÉPUBLICAIN !
URGENCES
CETTE MATERNITÉ NE DOIT PAS FERMER ! COMMENT PEUT-ON SE PRÉSENTER À L'ÉLECTION PRÉSIDENTIELLE SANS AVOIR CONSCIENCE DE CE QUE VIVENT VRAIMENT LES FRANÇAIS ?
EST-CE UNE CRITIQUE VIS-À-VIS DE VOTRE CANDIDAT ? REGRETTEZ-VOUS DE NE PAS POUVOIR VOUS PRÉSENTER VOUS-MÊME ?
LA DATE LIMITE DE DÉPÔT DES CANDIDATURES EST FIXÉE AU 17 MARS. JE NE M'INTERDIS RIEN.
J'ACCEPTE LA DÉFAITE, QUAND RIEN NE PERMET DE DOUTER DU PROCESSUS ÉLECTORAL. MAIS J'AIMERAIS ÊTRE CERTAINE QUE ÇA A ÉTÉ LE CAS LORS DE LA PRIMAIRE.
C'EST MON DROIT D'EN DEMANDER LA PREUVE. ET C'EST MON DEVOIR DE NE PAS M'INCLINER DEVANT CE QUI APPARAÎTRAIT COMME DES MANŒUVRES.
LA GARCE !!!

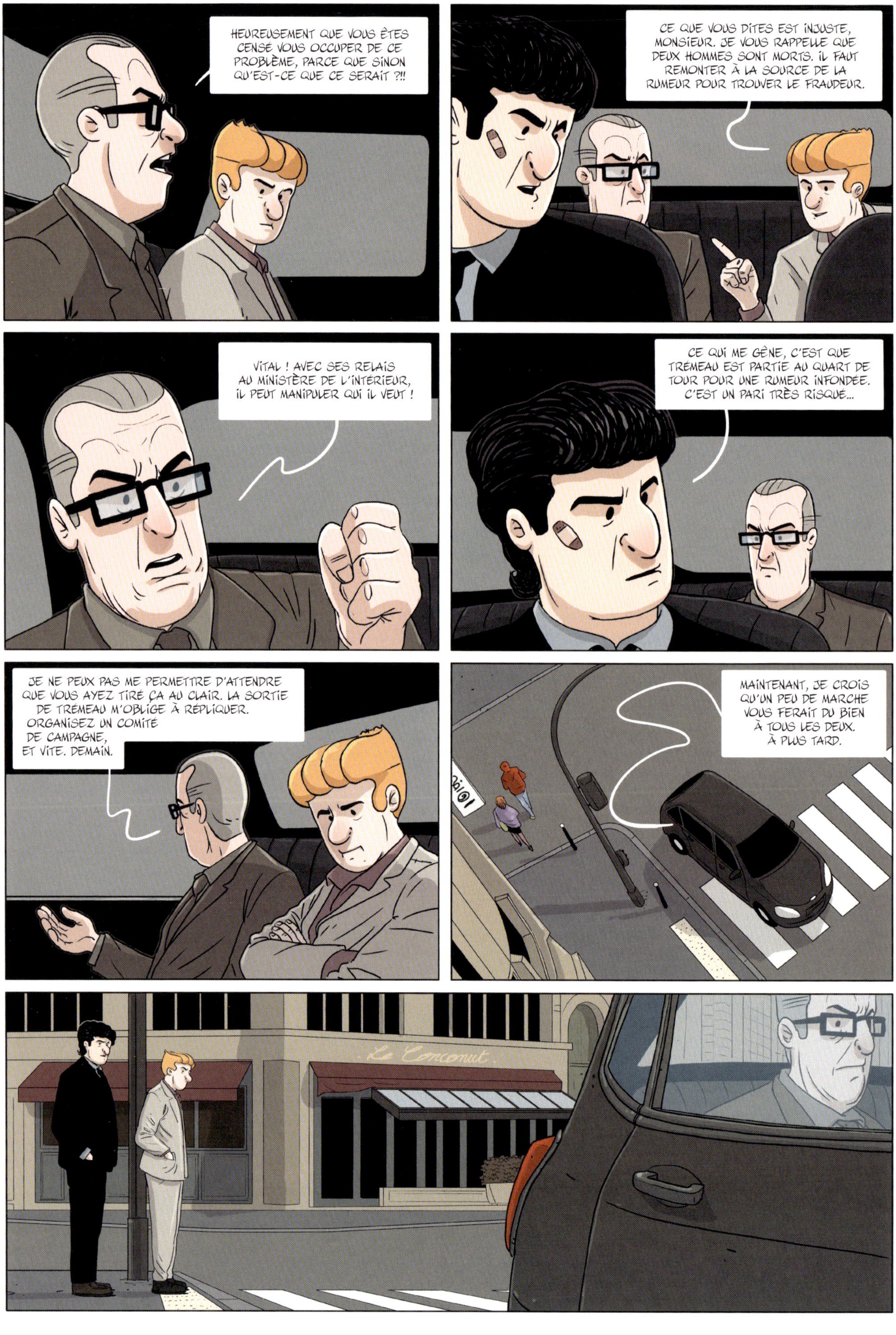
HEUREUSEMENT QUE VOUS ÊTES CENSÉ VOUS OCCUPER DE CE PROBLÈME, PARCE QUE SINON QU'EST-CE QUE CE SERAIT ?!!
CE QUE VOUS DITES EST INJUSTE, MONSIEUR. JE VOUS RAPPELLE QUE DEUX HOMMES SONT MORTS. IL FAUT REMONTER À LA SOURCE DE LA RUMEUR POUR TROUVER LE FRAUDEUR.
VITAL ! AVEC SES RELAIS AU MINISTÈRE DE L'INTÉRIEUR, IL PEUT MANIPULER QUI IL VEUT !
CE QUI ME GÈNE, C'EST QUE TRÉMEAU EST PARTIE AU QUART DE TOUR POUR UNE RUMEUR INFONDÉE. C'EST UN PARI TRÈS RISQUÉ...
JE NE PEUX PAS ME PERMETTRE D'ATTENDRE QUE VOUS AYEZ TIRÉ ÇA AU CLAIR. LA SORTIE DE TRÉMEAU M'OBLIGE À RÉPLIQUER. ORGANISEZ UN COMITÉ DE CAMPAGNE, ET VITE. DEMAIN.
MAINTENANT, JE CROIS QU'UN PEU DE MARCHE VOUS FERAIT DU BIEN À TOUS LES DEUX. À PLUS TARD.

LE COMITÉ DE CAMPAGNE EUT LIEU LE LENDEMAIN, LE MARDI 9 MARS, À 17 HEURES, AVEC SES VINGT-DEUX MEMBRES ET QUELQUES INVITÉS TRIÉS SUR LE VOLET.
ANCIENS PREMIERS MINISTRES, CHEFS DE PARTI, PRÉSIDENTS DE GROUPE, PARLEMENTAIRES PROMETTEURS...
MARIE-FRANCE TRÉMEAU AVAIT ÉTÉ INVITÉE, MAIS N'ÉTAIT PAS VENUE EN PERSONNE. ELLE AVAIT ENVOYÉ SES LIEUTENANTS, TEXIER EN TÊTE.
LE PATRON RISQUAIT GROS...
IL COMMENÇA PAR DONNER LA PAROLE À TOUS LES ORATEURS QUI SE MANIFESTAIENT, LES VIEUX SAGES COMME LES JEUNES AMBITIEUX.
PUIS IL ÉVOQUA LE VOTE ÉLECTRONIQUE DE LA PRIMAIRE, ET SA VOLONTÉ FAROUCHE DE PROUVER QU'IL N'Y AVAIT PAS EU FRAUDE.
IL PRÔNA L'UNITÉ CALMEMENT, AVANT DE SORTIR UN COUP DE MAÎTRE, UN COUP QUE JE N'AVAIS PAS VU VENIR...
... ET C'EST POUR CELA QUE J'AI DÉCIDÉ DE PROPOSER À MARIE-FRANCE TRÉMEAU DE CONSTITUER AVEC MOI UN TICKET. SI JE GAGNE, ELLE SERA MA PREMIÈRE MINISTRE.
JE L'ANNONCERAI PUBLIQUEMENT AU MOMENT VENU.
LE PATRON ÉTAIT VRAIMENT TRÈS FORT.

JEUDI 11 MARS, 23 H 04. GRENOBLE.
TU ES VEXÉ ?
MERDE, ON CROIT RÊVER !
TON POTE, LE MAJOR, TU ME DIS CE QU'IL RACONTE EN CE MOMENT ? ET TON AMI JOURNALISTE AU MATIN, TU ME RACONTES QUE TU COUCHES AVEC LUI ? MERDE !
TU AURAIS PU ME DIRE QUE LE PATRON ALLAIT ANNONCER ÇA !
TU ES VRAIMENT TROP CON. QUAND LE PATRON ME DEMANDE DE NE RIEN DIRE, JE NE DIS RIEN. SI TU ÉTAIS FRANC, LE MAJOR TE PARLERAIT ENCORE. QUANT À MES FESSES, C'EST MON PROBLÈME, PAS LE TIEN !
C'EST CETTE MAISON...
LE FRÈRE D'UN ANCIEN MINISTRE DU BUDGET ET LE COLLABORATEUR D'UN CANDIDAT À L'ÉLECTION PRÉSIDENTIELLE, CAMBRIOLER UNE MAISON... ON AURA TOUT VU.

VOUS AVEZ TROUVÉ QUELQUE CHOSE ?
LE RÉPERTOIRE DE MUKKI, AVEC DES NUMÉROS DE TÉLÉPHONE. ON VÉRIFIERA PLUS TARD.
ON SE BARRE, VITE ! ON A DE LA COMPAGNIE !

MERCREDI 17 MARS, 15 H 15.
CONSEIL CONSTITUTIONNEL, PARIS.
CONSEIL CONSTITUTIONNEL
JEAN ?! QU'EST-CE QUE TU FAIS LÀ ?
J'ATTENDS D'ÊTRE SÛR QUE VOUS TIENDREZ VOTRE PROMESSE.
NOTRE... PROMESSE ?
PERSONNE CHEZ TOI N'A ANNONCÉ OFFICIELLEMENT QUE MARIE-FRANCE IRA À MATIGNON. S'IL N'Y A PAS D'ANNONCE OFFICIELLE, JE DÉPOSE LES CINQ CENTS SIGNATURES. C'EST LOGIQUE.
ÉCOUTE ! C'EST UN DES VIEUX SAGES DU PARTI QUI A ÉTÉ INTERVIEWÉ ET QUI CONFIRME QUE TRÉMEAU SERA PREMIÈRE MINISTRE.
ÇA NE ME SUFFIT PAS.
YouTube
#AVosMarques
DÉCOUVRIR
France : qui sont les ministres qui forment le gouvernement ? - F...
législatives
En savoir plus
Partager
Télécharger
Enregistrer
S'ABONNER
SI TU DÉPOSES LA CANDIDATURE, TU NOUS FAIS PERDRE L'ÉLECTION, ET LES LÉGISLATIVES DERRIÈRE. ON APPELLERA ÇA UNE « TEXIER », OU COMMENT SABORDER LES CHANCES DE SON PROPRE CAMP.

À la une

AFP

Une dépêche de l'AFP annonce que le Conseil constitutionnel a publié la liste des candidats à l'élection présidentielle.
Marie-France Trémeau renonce à se présenter.

En fin de journée, nous apprenons, dans une dépêche de l'AFP, que Marie-France Trémeau renonce… **Lire la suite**.

JEAN

JEUDI 22 AVRIL, 18 H 42.
COMMENT VA VOTRE EX-FEMME ?
ELLE N'EN A PLUS QUE POUR QUELQUES MOIS. ELLE LE SAIT. ELLE EST FORTE.
JE VOUS AI DEMANDÉ DE VENIR CAR JE SAIS QUE VOUS NE DIREZ RIEN. JE SAIS QUE JE PEUX COMPTER SUR VOUS.
JE SUIS DÉSOLÉ, PATRON. VRAIMENT.
AMBULANCE de S
JE VAIS GAGNER CETTE ÉLECTION, VOUS SAVEZ. JE SAIS QUE JE VAIS GAGNER.
ILS NE VOUS DISENT PAS TOUT, PATRON...
AVANT LA PRIMAIRE, LE MAJOR A PROCÉDÉ À UN AUDIT DE SÉCURITÉ SUR LE SYSTÈME INFORMATIQUE DE VOTE. ET MARILYN FRÉQUENTE UN JOURNALISTE DU MATIN, JOURNAL QUI A SORTI LA FUITE...
JE CROIS QUE JE VAIS ALLER BOIRE UN VERRE. VOUS ÊTES PRIS ?
MARILYN M'AVAIT PRÉVENU DE SA RELATION AVEC MAUSSANE, LE JOURNALISTE. EN REVANCHE, POUR LE MAJOR, C'EST PLUS EMBÊTANT...

MAIS VOUS AUSSI, VOUS NE ME DITES PAS TOUT. SI VOUS AVIEZ, PAR EXEMPLE, UNE AVENTURE AVEC UNE DE MES COLLABORATRICES, CE QUI POURRAIT AVOIR DES RÉPERCUSSIONS SUR NOTRE TRAVAIL COMMUN...
JE NE VOUS EN FAIS PAS LE REPROCHE.
NOUS PENSIONS QUE QUELQU'UN VOULAIT NOUS DIRE QUELQUE CHOSE. ET SI NOUS ÉTIONS ATTAQUÉS, AU CONTRAIRE, PAR QUELQU'UN VOULANT CACHER QUELQUE CHOSE ?
J'AIMERAIS ÊTRE CERTAIN D'AVOIR TOUTES LES CARTES EN MAIN...
ON POURRAIT PENSER, EN VOUS ÉCOUTANT, QUE VOUS M'ACCUSEZ D'AVOIR FAUSSÉ LA PRIMAIRE... QUE C'EST MOI QUI AI FAIT SUPPRIMER CEUX QUI VOULAIENT PARLER...
C'EST INTÉRESSANT, CAR LE DOUTE EST EN VOUS. ÇA ME FAIT PENSER À CETTE CITATION DE BENJAMIN FRANKLIN...
« TROIS PERSONNES PEUVENT GARDER UN SECRET, SI DEUX D'ENTRE ELLES SONT MORTES... »

SAMEDI 24 AVRIL, 21 H 39.
JE CROIS QU'IL Y A EU FRAUDE. FRAUDE, PUIS MEURTRES. AU PLURIEL : PINGUET, MUKKI...
À QUI PROFITE LE CRIME ?
JE N'AI PAS PARLÉ DE L'AUDIT PARCE QU'IL ME MET EN CAUSE. NOTRE SYSTÈME N'EST PAS INVIOLABLE, ET C'EST MOI QUI AI PRÉCONISÉ LE VOTE ÉLECTRONIQUE, MOI QUI ÉTAIS CHARGÉ DE SA FIABILITÉ !
LE PATRON DE LA BOÎTE DE CONSEIL EST UN COPAIN, JE SAVAIS QUE RIEN NE SORTIRAIT. J'AURAIS DÛ T'EN PARLER.
OUI, TU AURAIS DÛ.
SI LE PATRON PERD, ON POURRA METTRE CETTE DÉFAITE SUR LE COMPTE DE NOS DISSENSIONS. MAIS MOI, J'AI ENVIE QU'IL GAGNE, J'AI ENVIE D'ALLER TRAVAILLER AVEC LUI À L'ÉLYSÉE, ET JE NE VEUX PAS GÂCHER CETTE CHANCE.
J'AI TENDANCE À PENSER QU'IL Y A EU FRAUDE, MAIS J'Y SUIS COMPLÈTEMENT ÉTRANGER.
PAREIL. J'EN SERAIS INCAPABLE. CE GENRE DE MANIPULATION, CE N'EST PAS POUR MOI...
BON, ALORS PERSONNE N'A RIEN FAIT, C'EST FORMIDABLE !
LE PREMIER TOUR EST DEMAIN. IL NOUS RESTE QUINZE JOURS POUR TENIR LE CHOC EN ESSAYANT DE RETROUVER CE QUI FAISAIT NOTRE FORCE : LA COMMUNICATION.
NOUS SAVONS QUE NOUS NE PARTIRONS PAS EN VACANCES ENSEMBLE. ET COMME JE SUIS SÛR QU'IL VA GAGNER, BIENTÔT, NOUS N'AURONS PLUS DE VACANCES DU TOUT.

Estimation
DIMANCHE 25 AVRIL, 19H59.
2
PRESIDENTIELLE
28%
25%
CETTE ÉLECTION VA SE JOUER AU FINISH.
POURQUOI LE PATRON N'EST-IL PAS VENU...?
IL A PRÉFÉRÉ RESTER CHEZ LUI, À CHERBOURG, POUR INSISTER SUR SON ENRACINEMENT DANS LE PAYS.
PEUT-ÊTRE, MAIS EN ATTENDANT, ON NE VOIT QU'ELLE...
LE SCORE EST SERRÉ, ET ELLE SAIT QU'ELLE VA DEVENIR INCONTOURNABLE, ET PUISSANTE...
AH, VOUS ÊTES LÀ ! JE VOUS CHERCHAIS PARTOUT, REGARDEZ ÇA !
Isère : toute l'info locale
Grenoble
Vienne
Bourgoin-Jallieu
La Tour-du-Pin
Voiron
Saint-Marcellin
INFO
Dernière minute :
"DROIDE" La société iséroise cambriolée.
GENDARMERIE

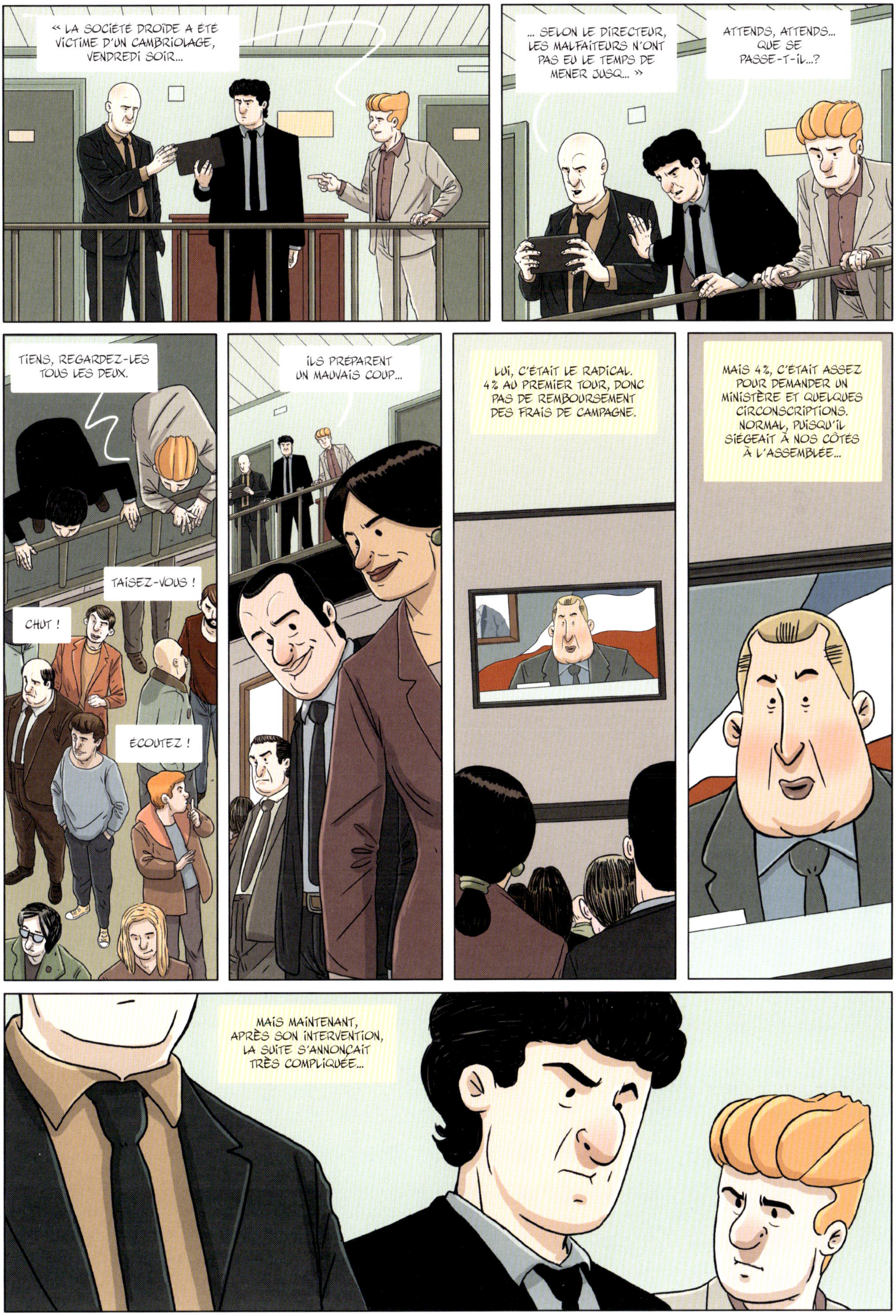
« LA SOCIÉTÉ DROÏDE A ÉTÉ VICTIME D'UN CAMBRIOLAGE, VENDREDI SOIR...
... SELON LE DIRECTEUR, LES MALFAITEURS N'ONT PAS EU LE TEMPS DE MENER JUSQ... »
ATTENDS, ATTENDS... QUE SE PASSE-T-IL...?
TIENS, REGARDEZ-LES TOUS LES DEUX.
TAISEZ-VOUS !
CHUT !
ÉCOUTEZ !
ILS PRÉPARENT UN MAUVAIS COUP...
LUI, C'ÉTAIT LE RADICAL. 4% AU PREMIER TOUR, DONC PAS DE REMBOURSEMENT DES FRAIS DE CAMPAGNE.
MAIS 4%, C'ÉTAIT ASSEZ POUR DEMANDER UN MINISTÈRE ET QUELQUES CIRCONSCRIPTIONS. NORMAL, PUISQU'IL SIÉGEAIT À NOS CÔTÉS À L'ASSEMBLÉE...
MAIS MAINTENANT, APRÈS SON INTERVENTION, LA SUITE S'ANNONÇAIT TRÈS COMPLIQUÉE...

LUNDI 26 AVRIL, 7H45.
JE TROUVE INCROYABLE QUE PERSONNE N'AIT VU VENIR CE CONNARD !
4%, ET IL ME VOMIT DESSUS ! IL M'A ATTAQUÉ SUR LA PRIMAIRE ! MAIS QU'EST-CE QUE VOUS FOUTEZ ?!!
C'EST TRÉMEAU QUI EST À LA MANŒUVRE. ELLE VA SE POSER COMME GARANTE DE L'UNITÉ, RAMENER LE RADICAL DANS LA MAJORITÉ, ET CE SERA TOUT BÉNÉFICE POUR ELLE.
ET SI LES RADICAUX RÉUSSISSENT À FORMER UN GROUPE PARLEMENTAIRE APRÈS LES LÉGISLATIVES, ELLE DEVIENDRA INCONTOURNABLE...
VOUS ALLEZ NÉGOCIER AVEC LES SOUVERAINISTES : ON LEUR DONNE UNE DIZAINE DE SIÈGES POUR LES LÉGISLATIVES, ON LEUR REMBOURSE LEURS FRAIS DE CAMPAGNE.
ET RÉGLEZ-MOI CETTE HISTOIRE DE FRAUDE !!!
VLAM
BON, AUTRE CHOSE : LES COMMUNICANTS VEULENT QU'ON PARLE DE SA FEMME MALADE. C'EST NUL, MAIS BEAUCOUP DE PERSONNES SE RECONNAÎTRONT EN LUI.
ET LA FEMME MALADE ET ABANDONNÉE PAR SON MARI QUI FAIT CAMPAGNE, ILS PRENDRONT ÇA COMMENT ?
JE VAIS LEUR OPPOSER CET ARGUMENT. TU N'ES PAS MAUVAIS. DOMMAGE QUE TU SOIS AUSSI CON.

MERCREDI 28 AVRIL, 12H22.
QU'EST-CE QUE C'EST ?
SanDisk 32GB
UNE CLÉ USB.
J'AI L'AIR SI BÊTE QUE ÇA ? QU'EST-CE QU'IL Y A DESSUS ?
QUELQUE CHOSE QUE J'AI RÉUSSI À DÉCRYPTER APRÈS MA VISITE CHEZ DROÏDE : LES DONNÉES RELATIVES AU VOTE DE LA PRIMAIRE...
ET LA PREUVE QU'IL Y A EU FRAUDE.
...
IL Y A DEUX PICS DE VOTES. LE PREMIER ENTRE MIDI ET DEUX, CE QUI EST NORMAL : SORTIE DE MESSE OU DE L'APÉRO, LES JEUNES QUI SE LÈVENT TARD UN DIMANCHE... ENVIRON 58000 VOTES.
ET LE SECOND PIC ?
À 17H40. EXACTEMENT 27482 VOTES.
VOUS ÊTES PLUS PARANO QUE MOI ! BEAUCOUP DE GENS VOTENT EN FIN DE JOURNÉE !
NON. 27482 VOTES... EN DEUX MINUTES, À PARTIR DE QUATRE ORDINATEURS. L'UN EST INSTALLÉ CHEZ DROÏDE. LES TROIS AUTRES, ON NE SAIT PAS.
JE VEUX BIEN VOUS LAISSER LE BÉNÉFICE DU DOUTE. MAIS SI C'EST VOUS...
... JE LE SAURAI TRÈS VITE.

LUNDI 3 MAI, 15H42.
IL Y A DEUX CATÉGORIES D'APPARATCHIKS. CEUX QUI OBÉISSENT SANS DISCUTER, ET CEUX QUI OBÉISSENT APRÈS AVOIR DISCUTÉ.
L'OBJECTIF DES PREMIERS EST DE FAIRE CE QUE LE CHEF A ORDONNÉ. ILS SE TRANSFORMENT EN EXÉCUTANTS, PARFOIS EN SOUFFRE-DOULEUR. ET LORSQUE LEUR CHEF SE TROMPE, C'EST LA FAUTE DES AUTRES.
LES SECONDS DÉVELOPPENT FORCÉMENT UNE RELATION PLUS COMPLIQUÉE AVEC LEUR PATRON, MAIS L'EXIGENCE DE LOYAUTÉ EST TOTALE. LES ÉTATS D'ÂME SONT PLUS FRÉQUENTS, LES DISCUSSIONS PLUS LONGUES ET LES LIENS PLUS INTENSES.
TAXI
IL ARRIVAIT À CHACUN, MÊME À MOI, DE PASSER DE L'UNE À L'AUTRE DE CES CATÉGORIES.
L'ESSENTIEL N'ÉTAIT PAS D'APPARTENIR À L'UNE OU L'AUTRE DES DEUX CATÉGORIES. L'ESSENTIEL, DANS CETTE RELATION, ÉTAIT LE GENRE DE CHEF QUE VOUS AVIEZ CHOISI DE SERVIR.
CERTAINS PATRONS NE VOULAIENT AVOIR FACE À EUX QU'UNE SERVILITÉ SOURIANTE ET EFFICACE. METTRE EN CAUSE UN INSTANT, MÊME EN INTERNE, LES DÉCISIONS DU CHEF, C'ÉTAIT TRAHIR.
RÉFLÉCHIR, C'ÉTAIT DÉSOBÉIR.

Ai retrouvé votre rouquin.
Le fais parler et
vous appelle.
Gardez un œil sur Louis.

MARDI 4 MAI, 10 H 37.
J'AI DINÉ HIER AVEC LE DIRECTEUR DE CAMPAGNE DU CENTRISTE. ILS SONT D'ACCORD SUR L'ESSENTIEL, ET NOUS SOMMES ENSEMBLE POUR LES LÉGISLATIVES. MAIS...
MAIS ?
MAIS LEUR PATRON NE VA PAS APPELER À VOTER POUR VOUS.
ILS VEULENT DES MINISTÈRES, C'EST ÇA ? MAIS À 8% AU PREMIER TOUR, ILS EN AURONT, DES MINISTÈRES !
ILS NE VEULENT PAS DE TRÉMEAU COMME PREMIÈRE MINISTRE.
ILS N'ONT PAS TORT. SI TRÉMEAU RAMÈNE LES RADICAUX, LE CANDIDAT CENTRISTE SERA ÉCRASÉ.
UN RADICAL, C'EST UN CENTRISTE QUI NE CROIT PAS EN DIEU.
ILS PENSENT, JE CITE, QUE TRÉMEAU VOUS TIENT PAR LES COUILLES. ET QUE SI VOUS AVEZ CÉDÉ AUSSI VITE, C'EST PARCE QUE VOUS AVEZ PEUR.
LE CENTRISTE VIENT AU MEETING. IL EST BIEN PLACÉ, IL A DROIT À UNE OVATION, IL PEUT MÊME PRENDRE LA PAROLE. DITES À SON DIRECTEUR QUE LE RADICAL NE SERA JAMAIS MINISTRE : ON LE MET DANS UN COIN ET ON L'OUBLIE.
ET MAINTENANT, JE VOUDRAIS QUE L'ON SE PRÉPARE À CE FICHU DÉBAT TÉLÉVISÉ DU SECOND TOUR !

JEUDI 6 MAI, 17 H 50.
VOUS AVEZ VOLÉ CES DOCUMENTS À VOTRE ONCLE ?! S'IL L'APPRENAIT...
VOUS PASSERIEZ UN MAUVAIS QUART D'HEURE, OUI. VOUS ÊTES CENSÉ ME TENIR À L'ÉCART DE TOUT ÇA...
LES DONNÉES ÉTAIENT CRYPTÉES ET JULIETTE, MON AMIE DE SCIENCES PO, A RÉUSSI À CASSER LE CODE. LA PLUPART DES ADRESSES IP CORRESPONDENT À DES ADRESSES À L'ÉTRANGER ET NE SONT PLUS VALABLES...
BZT BZT
VOUS SAVEZ CE QU'EST UNE ADRESSE IP, HEIN ?
DANS UNE HEURE OU DEUX J'AURAI IDENTIFIÉ LES TROIS ORDINATEURS RESTANTS, ET ON SAURA QUI A FRAUDÉ...
ON N'A PLUS BEAUCOUP DE TEMPS !
OUI, JEAN ? JE T'ÉCOUTE.
MARIE-FRANCE A DÉCIDÉ DE NE PAS S'EXPRIMER CE SOIR. C'EST LE DERNIER MEETING, CELUI DU CANDIDAT.

TU ES CERTAIN ?
OUI. MARIE-FRANCE SERA TRÈS BIEN PLACÉE, À DROITE DU CANDIDAT. ET COMME VOUS ALLEZ ANNONCER OFFICIELLEMENT LE TICKET...
BIEN SÛR, SI TON PATRON OUBLIAIT DE TENIR SON ENGAGEMENT...
... MARIE-FRANCE POURRAIT MANIFESTER UN PEU DE MAUVAISE HUMEUR, TU LA CONNAIS !
UN PEU PLUS DE CONFIANCE AURAIT ARRANGÉ L'AMBIANCE...
QUE VEUX-TU DIRE ?
VOUS AURIEZ PU NOUS FAIRE PASSER LE DISCOURS, QU'ON ARRANGE QUELQUES PASSAGES...
IL N'A JAMAIS SOUMIS SES DISCOURS À PERSONNE, IL NE VA PAS COMMENCER CE SOIR !
PAS D'INQUIÉTUDE, CE SERA UN TRÈS BEAU DISCOURS !
TRÈS BIEN. MARIE-FRANCE ARRIVERA VERS 18H30. ELLE VEUT RENCONTRER LES MILITANTS. ELLE EST TRÈS PROCHE D'EUX, TU SAIS, DE PLUS EN PLUS...
BM TV.
PRÉSIDENTIELLE
LES MEETINGS
LA FRANCE ENSEMBLE !
TEXIER

18 H 10.
IL SERA LÀ À 19 HEURES. LAISSE-NOUS L'EFFET DE SURPRISE.
TU AS MA PAROLE. IL SERA À GAUCHE DU PATRON.
C'EST POSSIBLE À DROITE ?
NON, C'EST TRÉMEAU. IL SERA À GAUCHE, ET LES PHOTOGRAPHES NE POURRONT PAS LE RATER, CROIS-MOI.
18 H 16.
J'AI BESOIN D'UN COUP DE LUMIÈRE SUR LE CENTRISTE, AU MOMENT OÙ IL ARRIVE. TRÉMEAU NE PARLERA PAS.
OK POUR MOI. LE PATRON MONTE SUR SCÈNE À 19H30, J'ENVOIE LE DISCOURS SUR LE PROMPTEUR DÈS QU'IL ARRIVE.
CALIGNY ET SA COPINE SONT TOUJOURS DANS LA RÉGIE. ILS BOSSENT SUR QUOI EXACTEMENT ?
PEUX PAS T'EXPLIQUER DANS LE DÉTAIL. MAIS VEILLE BIEN À CE QU'ILS NE SOIENT PAS DÉRANGÉS.
18 H 25.
VOUS EN ÊTES OÙ ?
DIFFICILE. LE DEUXIÈME ORDINATEUR NOUS RENVOIE À LA SOCIÉTÉ SCI CARLIER À FERNEY-VOLTAIRE, DANS L'AIN.
ÇA NE ME DIT RIEN. ET LES AUTRES ?
ON EST DESSUS. JE VOUS ENVOIE UN SMS DÈS QUE J'EN SAIS PLUS.

18 H 52.
BIP.
Ne pas répondre sur ce numéro
M'appeler au +421 2 59 54 XX XX
Les 4 X sont :
- N° rue de Winston
- âge de Marilyn
WINSTON ? C'EST MOI. QUELLE EST VOTRE ADRESSE...?

19 H 07.
TOUS LES APPARATCHIKS AIMENT À RACONTER QU'ILS SONT CAPABLES DE PARLER LES YEUX DANS LES YEUX AVEC LEUR PATRON.
C'EST FAUX.
DIRE DES CHOSES COMPLIQUÉES À QUELQU'UN QUI VOUS EST PROCHE EST TOUJOURS DIFFICILE.
AVEC LE PATRON, DONT L'EX-FEMME ÉTAIT EN TRAIN DE MOURIR, JE POUVAIS CONTESTER UNE POSITION, FORMULER UN DÉSACCORD...
MAIS COMMENT LUI DIRE QUE JE PENSAIS QU'IL AVAIT FRAUDÉ...?
LA SALLE EST PLEINE, 40000 PERSONNES. TRÉMEAU SERA À VOTRE DROITE, MAIS ELLE NE PARLERA PAS.
PARDON ?
ELLE PENSE QUE PERSONNE D'AUTRE QUE VOUS NE PEUT LÉGITIMEMENT S'EXPRIMER CE SOIR.
C'EST ASSEZ JUSTE.
PATRON... ELLE ATTEND SURTOUT QUE VOUS ANNONCIEZ OFFICIELLEMENT QU'ELLE SERA PREMIÈRE MINISTRE.

19 H 15.
LA FRANCE ENSEMBLE !
LA FRANCE ENSEMBLE !
TIP TIP TIP TIP
C'EST VOUS ?
OUI, POURQUOI, VOUS ATTENDIEZ QUELQU'UN D'AUTRE ?
JE NE PEUX PAS RESTER LONGTEMPS. C'EST JOLI, BUCAREST, MAIS ILS ME CHERCHENT.
QUI ÇA, « ILS » ?
LES AMIS DU ROUQUIN. ILS SAVENT QU'IL A DISPARU ET QUE QUELQU'UN VOULAIT LUI PARLER.

ET... À VOUS, IL VOUS A PARLÉ ?
OUI, IL ÉTAIT CORIACE, ÇA A PRIS DU TEMPS, MAIS IL A PARLÉ.
IL N'A PAS TUÉ PINGUET, MAIS MUKKI, C'EST LUI. CE N'ÉTAIT PAS PRÉMÉDITÉ, IL DEVAIT VOUS FAIRE PEUR. NE PAS ABÎMER LOUIS ET VOUS HANDICAPER DURABLEMENT.
ME... QUOI ?
C'EST CE QU'IL A DIT, AVEC SES MOTS À LUI.
QUI LUI A DEMANDÉ DE FAIRE ÇA ?
CE N'EST PAS VOTRE PATRON, IL EST AFFIRMATIF.
J'AI MON IDÉE. ET CROYEZ-MOI, IL VA BIENTÔT CRACHER LE NOM DU COMMANDITAIRE.
JE VOUS RAPPELLE QUAND JE SAIS.

19 H 25.
OÙ EST LE TEXTE DIFFUSÉ SUR LE PROMPTEUR ? JE VAIS PEUT-ÊTRE DEVOIR LE CORRIGER.
MAINTENANT ? MAIS... IL EST SUR LE POINT DE PARLER !
IL N'EST PAS ARRIVÉ SUR LA SCÈNE, J'AI ENCORE CINQ BONNES MINUTES.
J'ATTENDS UN COUP DE FIL ET JE CORRIGE AUSSITÔT.
ÇA VA ALLER !

19 H 30.
J'AI DU NEUF...
DITES-MOI.
DEUX ORDINATEURS SUR QUATRE SONT ENREGISTRÉS SUR LA SCI D'UN CERTAIN MONSIEUR BRUNO, QUI HABITE DANS LES ALPES-MARITIMES. VOUS CONNAISSEZ ?
NON, LE SEUL BRUNO QUE JE CONN...
ATTENDEZ, C'EST QUOI SON PRÉNOM ?
BERNARD. BERNARD BRUNO.
NON. BRUNO BERNARD, DE MOUGINS. UN SOMBRE CONNARD QUI NOUS A TRAHIS IL Y A QUELQUES ANNÉES...
AVANT DE REJOINDRE MARIE-FRANCE TRÉMEAU.

19H40.
WINSTON... MAGNEZ-VOUS !
VLAM
IL N'Y A PLUS QU'À PRIER POUR QUE LE PATRON PRENNE SON TEMPS, ET QUE LE PETIT CALIGNY NE PERDE PAS LE SIEN...

PARDON... EXCUSEZ-MOI... S'IL VOUS PLAIT... PARDON...
MARILYN ! MARILYN !
QU'EST-CE QU'IL Y A ?
FAIS DOUCEMENT !
MARILYN !
IL S'ÉCHAPPE DU DISCOURS ! IL FAIT TROP DE DIGRESSIONS, CE N'EST PAS CE QUI EST ÉCRIT !
MERDE, IL IMPROVISE...
SI JE FAIS DES MODIFICATIONS, TU PEUX PROFITER DES APPLAUDISSEMENTS POUR LES GLISSER DANS LE PROMPTEUR, NON ?
LAISSE TOMBER, IL N'Y A PLUS DE DISCOURS. IL EST HABITÉ.
IL EST EXCEPTIONNEL...

20H30.

20H40.
OÙ EST TEXIER ? EST-CE QUE QUELQU'UN A VU TEXIER ?!!
OÙ VEUX-TU QU'IL SOIT ? DANS LA SALLE DE PRESSE, TIENS !
APPELLE MARILYN ET WINSTON, ET DIS-LEUR DE BLOQUER TEXIER AVANT QU'IL NE FASSE LE BEAU DEVANT LES JOURNALISTES ! VITE !
PRENDS DES GARS DE LA SÉCURITÉ AVEC TOI ET PASSE PAR L'EXTÉRIEUR !!!
AH, TE VOILÀ !!!
QU'EST-CE QUI SE PASSE ? JE CROYAIS QU'IL DEVAIT ANNONCER LE TICKET AVEC TRÉMEAU ? ÇA FAIT DÉJÀ DEUX FOIS QUE LES JOURNALISTES ME POSENT CETTE QUESTION !!!

RIEN, TU LA JOUES NORMAL. TU DIS QU'ON N'ANNONCE PAS UN PREMIER MINISTRE DANS UN MEETING DE CAMPAGNE.
BON SANG, QUAND TEXIER VA ARRIVER, LES JOURNALISTES VONT SE JETER SUR LUI ET ON VA EN PRENDRE PLEIN LA GUEULE !
BLOQUE TEXIER, IL NE FAUT PAS QU'IL PARLE AUX JOURNALISTES !
COMMENT JE FAIS ÇA, MOI ?!!
TU LE PRENDS PAR LA PEAU DU CUL ET TU LUI DIS QUE LE PATRON EN PERSONNE VEUT LUI PARLER !
QUE VAS-TU FAIRE, TOI ?
PARLER AU PATRON.
LOGE DU CANDIDAT

20H50.
TOC ! TOC !
JE SUIS ÉPUISÉ, VOUS SAVEZ. C'EST BIEN PLUS REPOSANT DE LIRE UN TEXTE. MAIS CE SOIR, J'AVAIS VRAIMENT ENVIE DE DIRE CE QUE JE VOULAIS, C'EST LA PREMIÈRE FOIS QUE JE RESSENS ÇA...
VOUS AVEZ ÉTÉ REMARQUABLE. VRAIMENT.
C'EST TRÉMEAU QUI A FRAUDÉ. JE PEUX LE PROUVER. PAS CE SOIR, MAIS JE SUIS SÛR DE MOI.
VOUS ÊTES CERTAIN ?
OUI. MAIS TRÉMEAU NE SAIT PAS QUE NOUS SAVONS.
QUI D'AUTRE EST AU COURANT ?
WINSTON... ENFIN, LE PETIT CALIGNY, SON ONCLE, ET MOI.
IL FAUT LA DÉGOMMER, PATRON.
C'EST UNE ORDURE, MAIS NOUS AVONS ENCORE BESOIN D'ELLE.
RACONTEZ-MOI D'ABORD TOUT CE QUE VOUS SAVEZ...

21H10.
AH, TU TOMBES BIEN ! JE N'AI JAMAIS VU ÇA, C'EST UN SCANDALE !!!
TON COLLABORATEUR S'EST CONDUIT COMME JAMAIS PERSONNE N'AVAIT OSÉ SE CONDUIRE DANS CETTE FAMILLE POLITIQUE !
SI J'ÉTAIS TOI, JEAN, JE FERAIS BIEN ATTENTION À NE PAS MENACER LOUIS. PENDANT TOUTE CETTE CAMPAGNE, IL A FAIT EXACTEMENT CE QUE JE LUI AI DEMANDÉ.
JEAN A PARFAITEMENT RAISON. L'ATTITUDE DE VOTRE COLLABORATEUR EST INACCEPTABLE.
IL A BOUSCULÉ DES MILITANTS DE MON DÉPARTEMENT, IL A PROFÉRÉ DES INJURES INQUALIFIABLES SUR MON COMPTE.
JE N'AI PAS RENONCÉ À LA PRÉSIDENTIELLE POUR ME FAIRE TRAITER DE LA SORTE ! JE VEUX VOIR LE CANDIDAT !!!
ÇA TOMBE TRÈS BIEN, MARIE-FRANCE. IL M'A ENVOYÉ VOUS CHERCHER.

21H20.
TU VAS LE PAYER CHER. CE QUE TU AS FAIT, JE NE L'OUBLIERAI JAMAIS. JE VAIS TE RÉDUIRE EN CENDRES !
TIENS, MARIE-FRANCE, BOIS. C'EST DE L'EAU DE CHÂTELDON, L'EAU DE PIERRE LAVAL...
EAU
JE M'EN FOUS, DE LAVAL ET DE TON VERRE D'EAU !
TU ME FAIS MIROITER MATIGNON ET TU ME BALANCES COMME UNE MERDE ALORS QUE TU AS BESOIN DE GAGNER ?
JE VAIS TE MONTRER, MOI !
MA CHÈRE MARIE-FRANCE...
MA CHÈRE RIEN DU TOUT !!!
TU VOIS, JEAN, ÇA SE PRÉTEND HOMME D'ÉTAT, MAIS CE N'EST QU'UN VENDEUR DE SAVONNETTES SANS PAROLE. ON NE VA PAS EN RESTER LÀ !
SI, JUSTEMENT, ON VA EN RESTER LÀ.

OU PLUTÔT, TOI...
TOI, TU VAS EN RESTER LÀ.
JE SAIS TOUT. TOUT SUR LA FRAUDE, TOUT SUR SES AUTEURS. TOUT SUR LE FAIT QUE TES BRAS CASSÉS N'ONT MÊME PAS ÉTÉ CAPABLES DE TE RAJOUTER SUFFISAMMENT DE VOTES POUR QUE TU GAGNES.
TU M'EXPLIQUES, MARIE-FRANCE ?
TU NE MANQUES PAS DE TOUPET ! NOUS POUVONS DÉMONTRER, NOUS, QU'IL Y A EU FRAUDE !
ET QUE LA SÉCURITÉ DE VOTRE SYSTÈME INFORMATIQUE NE VALAIT RIEN !!!
BUCAREST.
JE... QUOI ?
UN DE VOS AMIS À BUCAREST EST PRÊT À NOUS EN DIRE UN PEU PLUS.
QU'EN PENSES-TU, MARIE-FRANCE ?

JE POURRAIS ÉVOQUER LES À-CÔTÉS, C'EST-À-DIRE LES INCIDENTS QUI ONT CONDUIT À LA MORT, ACCIDENTELLE J'EN SUIS SÛR, D'AU MOINS DEUX CITOYENS FRANÇAIS.
DONC OUI, NOUS ALLONS EN RESTER LÀ.
MAIS JE NE VEUX PAS QUE CET ÉPISODE NUISE À TA CARRIÈRE, NI À CELLE DE NOTRE FAMILLE POLITIQUE.
NOUS TRAVAILLONS TOUS LES DEUX POUR LA FRANCE, N'EST-CE PAS ? PAS AVEC LES MÊMES MÉTHODES, MAIS AVEC LA MÊME DÉTERMINATION, ASSURÉMENT.
QU'EST-CE QUE C'EST ?
TON COMMUNIQUÉ DE PRESSE.
JE T'ENCOURAGE À LE TRANSMETTRE DANS L'HEURE AUX AGENCES DE PRESSE, EN LE REPRENANT MOT À MOT. POUR MON AVENIR. POUR CELUI DE LA FRANCE. ET POUR LE TIEN, À N'EN PAS DOUTER.

URGENT. AFP – PARIS – 22 H12

Marie-France Trémeau renonce à toute fonction gouvernementale pour « raisons personnelles ».

DIMANCHE 9 MAI
ÉLECTION PRÉSIDENTIELLE

DIMANCHE 9 MAI.
17H33.
JE SUIS UN APPARATCHIK.
JE SUIS L'OMBRE.
C'EST À MOI DE VEILLER À CE QUE CETTE AFFAIRE SOIT NETTOYÉE, MAIS PAS OUBLIÉE. FAIRE EN SORTE QUE CEUX QUI ONT VOULU COMPROMETTRE LE PATRON NE PUISSENT JAMAIS REFAIRE SURFACE...
... SAUF SI LE PATRON LE SOUHAITE.
UNE NOUVELLE VIE VA COMMENCER POUR LUI. MOI, JE NE VOIS QUE LA FIN. LA FIN D'UNE CONQUÊTE QUI M'A OCCUPÉ DEPUIS QUE JE TRAVAILLE POUR LUI.
LA FIN D'UNE RELATION DE CONFIANCE EXCEPTIONNELLE QUE LE DOUTE, MON DOUTE, A COMMENCÉ À RONGER. LA FIN D'UNE FONCTION, AUSSI.
MAIS JE RESTE UN APPARATCHIK.

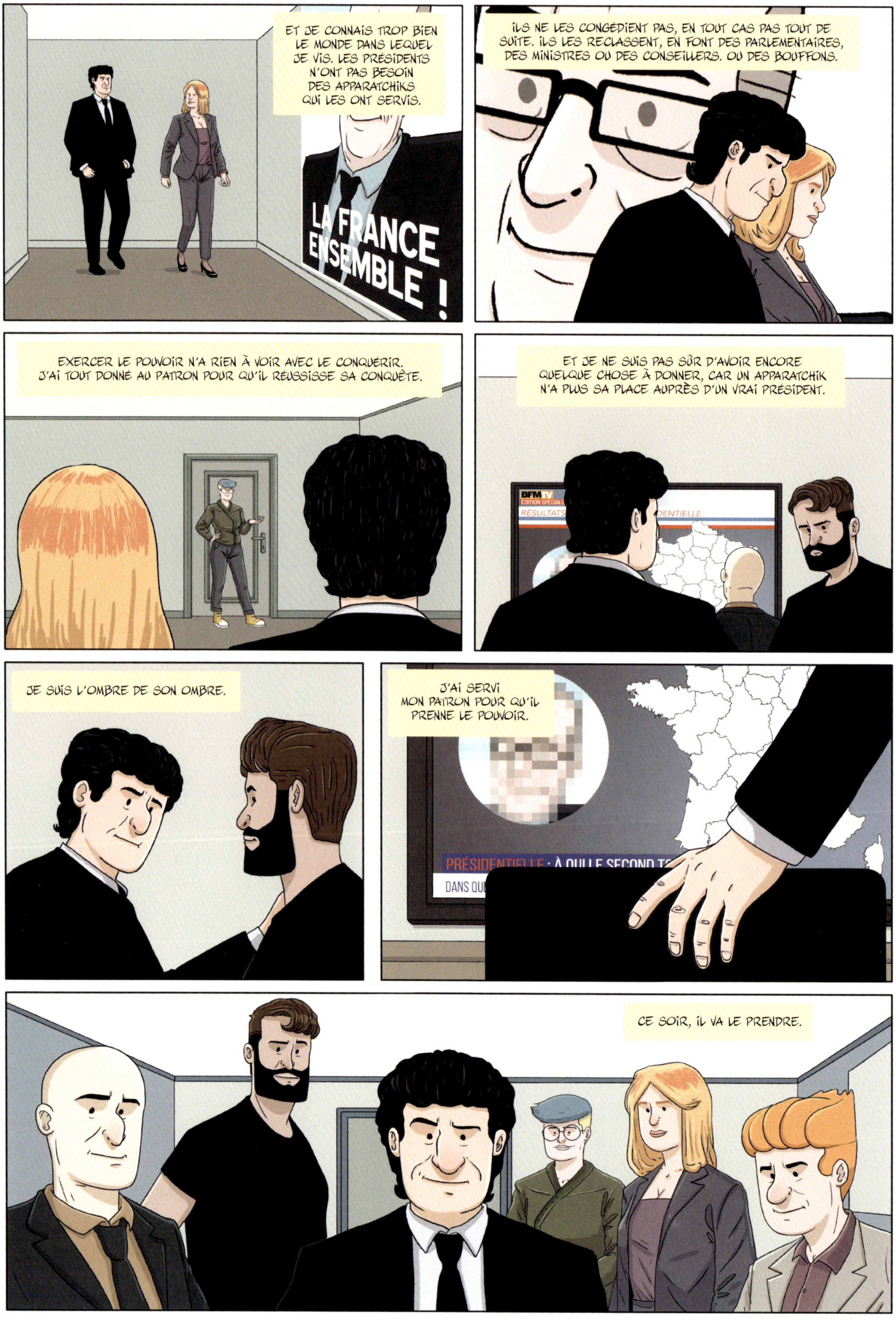

ET JE CONNAIS TROP BIEN LE MONDE DANS LEQUEL JE VIS. LES PRÉSIDENTS N'ONT PAS BESOIN DES APPARATCHIKS QUI LES ONT SERVIS.
LA FRANCE ENSEMBLE !
ILS NE LES CONGÉDIENT PAS, EN TOUT CAS PAS TOUT DE SUITE. ILS LES RECLASSENT, EN FONT DES PARLEMENTAIRES, DES MINISTRES OU DES CONSEILLERS. OU DES BOUFFONS.
EXERCER LE POUVOIR N'A RIEN À VOIR AVEC LE CONQUÉRIR. J'AI TOUT DONNÉ AU PATRON POUR QU'IL RÉUSSISSE SA CONQUÊTE.
ET JE NE SUIS PAS SÛR D'AVOIR ENCORE QUELQUE CHOSE À DONNER, CAR UN APPARATCHIK N'A PLUS SA PLACE AUPRÈS D'UN VRAI PRÉSIDENT.
BFMTV
ÉDITION SPÉCIALE
JE SUIS L'OMBRE DE SON OMBRE.
J'AI SERVI MON PATRON POUR QU'IL PRENNE LE POUVOIR.
CE SOIR, IL VA LE PRENDRE.

FIN

Je tiens à remercier Cédrick pour cette collaboration
très enrichissante et son implication sans faille !
Cédrick, c'était génial !

Et, bien sûr, merci à la team Bamboo avec en tête
Olivier Sulpice et Hervé Richez qui se sont investis sans compter.

Aristote a écrit que l'homme était naturellement
un animal politique. Je rajouterais que certains
sont peut-être un peu plus féroces que d'autres.

Philippe

Un très grand merci à Philippe pour son amitié,
son professionnalisme et sa disponibilité.
Merci pour cette belle aventure.
Puisse-t-il y en avoir d'autres...

Merci à Olivier Sulpice pour cette confiance
qu'il me renouvelle et qui me touche vraiment.

Merci à Hervé Richez pour cette belle rencontre
et pour m'avoir laissé les clés d'une histoire passionnante.

Merci à tous les trois, c'est grâce à vous tout ça.

Merci à Agnès, Bruno, Laurence et toute l'équipe Bamboo
pour l'énorme travail qu'ils accomplissent.

Pour Émilie, Elliott et Maneck

Cédrick

Adapté du roman d'Édouard Philippe et Gilles Boyer

PREMIÈRE ÉDITION - Dépôt légal : avril 2023 - ISBN : 978-2-8189-9482-5

Certifié PEFC
Ce produit est issu de forêts gérées durablement et de sources contrôlées
PEFC
PEFC/07-31-234
www.pefc.org

Imprimé en Belgique
Printed in Belgium by Delabie S.A. – Lesaffre S.A. (Mouscron),
Z.I. La Martinoire Bld. de l'Eurozone 9 7700 Mouscron

La fabrication de cet album répond au processus
de développement durable engagé par Bamboo Édition.